圆谎者词典

The Liar's Dictionary

[英] 伊利·威廉姆斯 著

郑小希 译

南海出版公司

新经典文化股份有限公司
www.readinglife.com
出 品

献给妙不可言的内尔

Novel〈名〉短故事，大多关于爱情。

引自塞缪尔·约翰逊《英语词典》（1755年）

Jungftak〈名〉波斯的一种鸟。独翼，雄鸟生在右侧，雌鸟生在左侧。在缺失的一翼处，雄鸟生有骨钩，雌鸟生有骨环。钩与环相嵌，两只鸟就可以飞行。独处时只能待在地面。

引自《二十世纪韦氏英语词典》（1943年）

目 录
Contents

1   前言

12   A 代表 artful〈形〉狡猾；巧妙

27   B 代表 bluff〈动〉虚张声势

45   C 代表 crypsis〈名〉保护色

59   D 代表 dissembling〈形〉伪装

80   E 代表 esquivalience〈名〉故意逃避责任的举动

94   F 代表 fabrication〈名〉捏造

101   G 代表 ghost〈动〉闹鬼

118   H 代表 Humbug〈名〉假冒者；吹嘘

142   I 代表 inventiveness〈形〉创造力

149   J 代表 jerque〈动〉稽查

159   K 代表 kelemenopy〈名〉无尽直线

164   L 代表 legerdemain〈名〉障眼法〈形〉

170   M 代表 mendaciloquence〈名〉高明的谎言

180   N 代表 nab〈动〉抓获

200   O 代表 ostensible〈形〉表面的

212	P 代表 phantom〈名〉幻象〈形〉虚假的，来路不明的〈动〉
225	Q 代表 queer〈名〉怪人，同性恋〈形〉古怪的〈动〉搞砸
231	R 代表 rum〈形〉离奇的
242	S 代表 sham〈名〉赝品〈形〉仿造的
252	T 代表 treachery〈名〉变节
260	U 代表 unimpeachable〈形〉无懈可击
265	V 代表 vilify〈及物动〉毁谤
272	W 代表 wile〈名〉诡计
276	X 代表 x〈动〉以 x 标记
288	Y 代表 yes〈叹〉对
301	Z 代表 zugzwang〈名〉迫移
313	致谢

前言

想象你持有一部完美的私人词典。一部，那部，都无所谓。不是一部无瑕的词典，而是为你而生的、从来都最适合你的词典。

说得更具体些。这部词典一定是纸质而非电子的。是一种实用的物件。可以举起来让某人够不着，可以挥舞，可以驱赶厨房里轨迹难测的飞蛾。对吧，实用词典。它的边角或许稍有磨损，掂在手上，分量恰到好处：既能可靠查阅，又不太沉。这部词典也许有丝带和页码，让它不必艳羡书架上光鲜的同类。一篇完美的前言应当解释，词典为什么要标页码。书脊有烫金的书名。纸张细腻绵软，触感愉悦，字体透着优雅，一种绝对游刃有余的坚定，坚定的游刃有余。是一种该由杰里米·布雷特[①]或罗曼·布鲁克斯[②]扮演的字体,颧骨明显。一部完美的词典一定是皮面的。拇指指甲轻轻擦过,发出悦耳的沙沙声。

我承认我的专注力不甚持久,所以我完美的私人词典会很简洁,只收录我不认识或频繁忘记的单词。我这本像无知一样无穷的简明词典是一个自相矛盾的悖论,大约要印在莫比乌斯带[③]上。我不可能的完美词典。

来读前言,用拇指翻开词典,像剖开一颗熟透的果实。(其实翻开书并不像是这样。这个明喻也很蹩脚。)我完美的词典会摊开在某一页上,因为那里夹着丝带。

制一磅生丝需要两千五百只蚕。

在这一页上,你会先看见哪个词?

【我踏入了歧途。有些词语魅惑如鬼火,能让人离开原先想走的路,愈发深入括号与脚注的沼泽,

---

① Jeremy Brett(1933—1995),英国电影演员、电视剧演员、舞台剧演员。
② Romaine Brooks(1874—1970),美国画家,以创作女性人体画和女性变装肖像画闻名。
③ 一种拓扑学结构,有"无限循环"的象征意涵。

跟随"**参见**"的召唤。】

一张牛皮能造多少本词典的封面?

算了,谁会读一部词典的前言?

沙沙沙

把一部词典评为"完美",意味着思考这一类书的使命。在这句话里"书"是简称。

完美的词典不能自娱自乐,免得离间读者,减损它的用途。

一部完美的词典显然必须是正确的。比方说,不能有拼写或印刷错误,也不能随意妄下断语。假如没有严谨细致的调查来佐证,完美的词典不能显露出倾向性。但这些已经太偏向理论,我们不妨从更基本的地方入手:封面至少必须能够翻开,这是很要紧的;书页上的油墨必须清晰可辨。合格词典的筛选标准往往是它能否收容或定型一门语言。收容,仿佛词语是许多行为不良的孩子,被赶进一间屋子里计数;定型,仿佛只允许若干孩子走进去,然后这屋子里灌上了水泥。

完美的前言不该有这么多杂乱无章的比喻。

当人们用拇指拨开蚕与被屠戮的牛凝聚的成果时，往往会忽略词典的前言，忽略它所陈述的词典的使命与愿景。这种忽略常有发生，因为翻开词典，就有明确的理由。

一部词典的前言，有点像对无意约见的人出示的自我介绍。它介绍的是作品，而不是人。无须了解词典编纂者的性别，更没必要知道他们长什么样子，支持哪支球队，爱看什么报纸。比如说，某人把"苄〈名〉"解释为方言里一种个头很小的苹果，而你完全不必知道那天他的鞋太紧。某人宿醉未醒，很快就要得感冒，这对你不重要；某人不知道刮胡子太匆忙而导致的下颌毛囊感染，将在此后两个月造成严重的后患，一度让其担心自己下巴不保，也与你无关。更不必了解某人曾幻想过撂挑子，搬去康沃尔郡海边一座偏僻的小木屋里生活。前言提及词典编纂者时唯一有用的信息，就是他们的能力足以简明扼要地写清，比方说，某种小破苹果应当叫作什么。

就词典前言来说，更有趣的话题可能是完美的读者。人们大多查阅词典，而不是把它摊在膝上从头至尾通读。例外也是有的。有人认认真真地阅读一整本大部头词典，只为了有朝一日能说自己完成了壮举。当你在历史熟透的果实间徐行，或者翻阅记述词典读者的人物百科词典，或许能找到一个这样的人：法特赫－阿里沙·卡扎尔，以及此人的小传。一七九七年即位为波斯国王。参见【沙】。① 有人赠给他一套著名百科全书的第三版。国王读毕这十八卷书，为自己的头衔里加上了"《大英百科全书》至高无上的主宰与大师"这一称号。这是一篇什么样的前言啊！国王的生平旁边或许有一张小小的钢版画，他身穿丝质长袍，坐姿，身边是高高堆起的果盘。背景里有一头战象。数不尽的水果，数不尽的蚕，画面外数不尽的吼叫。

如果你凑近观察一幅版画，一切都是点和线，像展平的指纹。

也许你见过有人这样浏览词典：不是阅读，而是觅食，好几个小时埋头嗅闻书页里的禾与苗，沉醉在草原里，忘记天光。我推荐这种读法。漫无边

---

① 原文为"Shah"，旧时伊朗国王的称号。此处为模仿词典词条的形式。

际地浏览是有益的。词语的形状与声音，它们的伞房花序、伞状花序和圆锥花序令人陶醉。这样的读者是寻宝爱好者，兴致勃勃地搜寻散落的词语。发现优美的新词、深远的词源，的确会让人大喜过望。不妨一寻。（词典的前言总有一点倨傲的腔调。）也许你已经知道这些词：窸窣，意思是叶片的摩擦声；蜂腿的某一节叫作粉筐，来自拉丁文里的"篮子"。

当然，对某些人而言，翻阅词典的喜悦源于发现古老或生僻的词，反刍似的让它们重见天日，有意插进话里，好教别人钦佩。我承认我从词典的林下层①抖出"窸窣"这个词是为了让你开心，但也许看起来像刻意为之：看我，看我的超级词语；phwoar——听我的吼声在深林间回响；让我讲给你那个一定被你忽略了的、不发音的 p，等等，等等；psithurism②大约来自希腊语 ψι'θυρος，诽谤的低语。多迷人啊！这一派词典读者如是说。我很迷人，因为我知道这个词的含义。词典成了这些读者的素材，成了故作高深反复咀嚼的饲料。谁都认得一两个这

---

① 原文为"Understrong"，是林学名词，指森林中处于上层林冠下的植物形成的层次。此处为比喻义。
② 即上文"窸窣"一词。

样的人,他们说话只是为了咳出一堆高深的词。这样的读者会在你靠在咖啡馆窗边小憩时把你吵醒,只为了品评当天的向风性。你失手掉了餐巾,向后一仰,推开了椅子,他想方设法把琐事劳神塞进道歉词。他会穿过层层树篱找到你,提醒你当心路边的穷窭。

这样的读者自然也会赞叹词语的优美、光彩和力量,但他只看见这些词的美味,却看不见香痕。

他会准确地把芋用作名词,带有卖弄的神气。(这篇前言在过度解释,浮夸中的浮夸。)

不存在完美的词典读者。

完美的词典能分清,比如,"序言"和"前言"的区别。词典说:所以,怎么回事?

词典重在明晰,也重在诚实。

假如当真有人来分门别类,则另有一类词典读者屈从于离题的特质。他们的视线在词语间颠簸,在书页间跳跃。忽视从左到右的阅读格式,在栏与页间回环、急转,以好奇作航标,因偶遇而搁浅。

一篇前言该抛出更多问题而非答案吗?前言该

只作陈述吗?

词典是不可靠的叙述者。

但我们不都有过阅读词典时的私密愉悦时刻吗？轻轻地探进来，来吧，水温正好式的愉悦，如果没有东西抓着你的脚趾、不肯松开，就会彻底沉浸其中。那是无法在咖啡馆的窗边展演的私密愉悦。

在词典里能够发现趣味和满足。或许是猜对了某个词的拼写（例：i 在 e 之前[①]），或许是寻回一个在嘴边打转的词。阅读词典而非查阅词典的乐趣，或许滋生于在书页间发现一个新词，精准地总结出此前你认为无以名状的感觉、特质或经验。一种凝聚与认同的时刻——想必曾经有人与我心意相通——我并不孤独！乐趣或许纯粹来自陌生词语的质感，它咬于唇齿的新鲜口感。颖片。非禾本草木植物。词的内部结构，修剪光滑，含在牙齿中间。

[①] 英语中的一项拼写原则：除了在字母 c 之后，其他情形下字母 i 总在字母 e 之前拼写。

在一些已经相当现代的词典里，如果你去查长颈鹿，词条的结尾还会写着**参见：【鹿豹】**。查一查鹿豹，也有**参见：【长颈鹿】**。这就是词典的生态系统。

孩提时代我们学到，词典大约从土豚（aardvark）开始，大约以斑马（zebra）告终，中间是词语野蛮的拔河，裁判是鹿豹和长颈鹿。

我想，完美的词典不该使用第一人称，因为它应当得出客观的结论。大约也不该出现第二人称"你"，否则会显得不由分说。完美的词典应当是确凿而自足的。词典关乎渴望，关乎信任，关乎欢愉与放手——但这些似乎都有点太自作多情。更好的当然是词典编纂者和使用者都能隐身其中，不被评判。比一个经常见到、无须解释的词更不起眼。

完美的前言知道什么时候该闭——

词典是不牢靠的、让人晕眩的东西。从许多方面来说，把记忆当作一部百科全书，把嘴当作词典随身携带，这样要安全得多。词语口口相传，像雏鸟从母亲口中吃食。

一篇前言里能塞进多少明喻？一篇前言能有多驳杂？完美的书该抓住读者的注意力，完美的词典该清晰易懂。

完美词典的绿色皮质封面，或许有像你手背皮肤一样的纹路。如果把指甲按进去，会留下月牙形的痕迹。别问我为什么有人会把一本词典抓得那么紧。

这样一本书里，知识让人忐忑，想要呕吐。称名意味着知晓。这是一种力量。你能亚当、夏娃它吗？词语是有弹性的，永远在膨胀、翻腾，像蚕卡在臼齿之间。词典是最原始版本的混杂隐喻。

前言是光说不练。

完美的词典是蚕和牛纺线的劳动果实。词语是反刍物。每一则定义都是一篇悼文，每一句释义都是有依据的直觉。

完美的词典恰到好处地排列着好词和最坏的词。在完美的词典里，一切准确且真实。不准确的定义没有意义，像晦涩的明喻；也没有用处，像驳杂的前言或者模糊的叙述者。

完美的词典并不存在。

不是每个词都优美或者引人注目，它们的使用者与创造者同理。

寻找最恰当的词可以成为一种私密的快乐。

一篇前言可以省略成"听我的"。

一篇前言可以省略成"查查看"。

"查查看。"

"打开词典查查看。"

看

A 代表 artful〈形〉狡猾；巧妙

大卫已经和我聊了三分钟，还没发现我嘴里囫囵塞了一个鸡蛋。

我原本正用老姿势好好地吃午饭：躲在办公用品／用具储物间里，窝在宽胶带垒起的圆柱和打印机墨盒中间。到中午了。闻到饭香是一种享受，工作日的高光时刻不过如此。站在斯万斯比宅储物间的天窗底下，把纸盒子里的汤嘬进嘴里，转着圈舔舐发黄的塑料餐盒里剩下的米粒。只要旁边没人，这样的一餐美味得不像话。

我把一个煮鸡蛋塞进嘴里嚼，一边辨认收纳箱侧面用各种语言写的"信封"。我试着把每个词都记住，以消磨时间。Boríték[①]仍然是我在 Biró 和 Rubik（圆珠笔和魔方，以发明者命名）以外唯一认识的匈牙利语单词。我又叉起一个鸡蛋含在嘴里。

我正像平常一样埋头大嚼，储物间的门开了，大卫·斯万斯比主编侧躲一步，钻了进来。

主编头衔其实只是礼貌起见。大卫来自历史悠久的斯万斯比主编家族。我是他唯一的员工。

我嘴里塞着鸡蛋，看他闪身进来，把门在身后推紧。

"啊，马洛里。"他说，"还好逮住你了。能和你讲两句话吗？"

大卫七十岁，十分英俊，手势轻快有力，在这样逼仄的储藏室里施展不开。我听说主人大多长得像宠物，宠物长得像主人。大卫·斯万斯比与他的笔迹有许多共同之处：高到有点滑稽，整齐利落，边缘圆润。而我，我知道，和我的笔迹一样，看起来总是像该好好洗涮、熨平，也许还要高压灭菌。下午拖着脚步在时钟上转过，我的笔迹和我都垮成皱巴巴的一团。皱巴，这个词选得有点腼腆：让人

[①] 匈牙利语，信封。

联想起陈旧或者穿得久,意味着舒适与亲近。我真正想说的是,下班时我像一摊破烂。我数着回家的钟点,而皱纹循迹而来,在衣服和皮肤上画线计数。在斯万斯比宅,这不算是大事。

大卫·斯万斯比不能算作物理意义上的威胁,说他把我堵在墙角,这有失公正。但这间屋子站两个人太挤了,我的确在墙角体会到了"堵在墙角"①的词义演变过程。

我等待老板直接提出要求,但他执意寒暄。他不咸不淡地说了几句天气,到最近的比赛输赢,又说回天气,然后告一段落,这时我开始恐慌起来,嘴里还塞满鸡蛋:他肯定在等我回应或表示有幸听闻或至少提一句自己的想法。我想象用力把鸡蛋吞下去,或者边咀嚼边开口的情景。或许我该不动声色地吐出来,让它从我豁口的牙齿中间落在手里,微微泛着光,然后对大卫说,快把你想说的话也吐出来,仿佛这就是再正常不过的事?

大卫轻轻摆弄着他眼前架子上一台标签机的旋柄。一两下,调整妥当。这就是主编行为吧。他抬

---

① 原文为"corner",既是名词"墙角",也是动词"将……逼入死角,使走投无路"。

头看了一眼天窗。

"这样的光线我怎么也看不腻,"他说,"你说呢?如此清亮。"

我含糊应声。

"看这边。"他把视线从天窗转向脚下,鞋浸在一泓淡淡的阳光里。

我发出赞许的动静。

"*Apricide.*"大卫热切地念道。与字词打交道的人爱做这种事:像鉴赏家一样含着钦佩与夸耀,清晰地吐出一个词,显示此地有人懂得欣赏一枚好词,明白怎样的词源才造就了这支年份珍贵的佳酿。他皱了皱眉,停住了。他没有纠正刚才的用词。但不幸的是,我想起在《斯万斯比新百科词典》第一卷见过它:大卫的本意是 *apricity* 〈名〉,冬日阳光的暖意。*Apricide* 〈名〉是宰猪仪式。

也许你会看到一卷《斯万斯比新百科词典》立在高级酒吧的壁炉台上,充作道具,日渐朽坏,或从教堂义卖会的书架流向慈善商店,最后来到你家附近的仓鼠垫料加工厂。它不是第一部英文词典,不是最优秀的一部,更不是最负盛名的一部。它始终是同类工具书里匍匐的影子，论声誉、论严谨，自一九三〇年首印至今，都难望《大英百科全书》《牛津英文词典》的项背。那些光洁的深蓝色灵柩。斯万斯比的名声也远不及柯林斯、钱伯斯、梅里亚姆-韦伯斯特[1]和麦克米兰。它在大众的想象中之所以仍有一席之地，是因为它没有完成。

我不知道人们对一部差点完成的词典情有独钟，是觉得它傻得可爱，还是因为对壮志未酬的幸灾乐祸。斯万斯比词典许下一个太过乐观的诺言，却无力兑现，数十年的劳作经过长久的侵蚀，终于无足轻重。

如果你问大卫·斯万斯比，斯万斯比词典的半成品状态是否等同于失败，他会直起身来，挟着两百英尺[2]高的气势，对你说他认同奥登[3]的名言：艺术品从未完成，只是被搁置。然后他会遁入书架之间去核实，十分钟后再度现身，说那句话当然是来自让·科克托[4]。再过十分钟，大卫·斯万斯比又会

---

[1] Merriam-Webster，即通称的"韦氏"。
[2] 约为60.96米，此处应为作者戏谑的夸张手法。
[3] 即 W. H. Auden（1907—1973），英国诗人、评论家。
[4] Jean Cocteau（1889—1963），法国导演、编剧。

找到你，澄清那句话其实是保尔·瓦雷里[①]说得最早，也最妥帖。

大卫·斯万斯比喜欢援引别人的言论。他竭力表现他在意引语的准确性，也会不假思索地柔声斥责那些混淆了"引用"与"引语"的人。对此我的意见是，干点正事吧，我不过是实习生。

我又点点头。那个鸡蛋是我嘴里的木星，那个鸡蛋是我的整个脑袋。

也许，英国人对《斯万斯比新百科词典》的钟爱，是因为这种未完成的计划含有艺术和哲学层面的诱惑。与大卫设想的基调不同——斯万斯比词典绝不是文字界的舒伯特第八交响曲、列奥纳多·达·芬奇《三博士朝圣》或者高迪的圣家族教堂[②]。你能够确凿地看到已经投入它的心血。《斯万斯比新百科词典》分为九卷，字母和数字共计两亿两千二百四十七万一千三百一十三。倘若有人有足够的时间和耐性做计算，这部词典绿色的厚皮面间所有字母和数字排成一行，可以绵延一百六十一英里。我可没有做计算的耐性，但在这份实习工作中，

[①] Paul Valery（1871—1945），法国象征派诗人。
[②] 上文所提及三件作品均未完成，是"未竟之作"的代名词。

我显然有的是时间。我刚来斯万斯比宅工作的时候，我的爷爷对我说，一部词典最要紧的就是能装进衣袋；这样的一部词典也够收录那些重要的词了，他说，而且很薄，这样去哪里都很方便，也不会把衣服撑得变形。我不敢肯定他听明白了"实习"是怎么回事（"你说拘禁[①]？"他在电话那头嚷道，没听见回答。他重复道："安葬[②]？"）但他似乎替我高兴。子弹不足为虑——《斯万斯比新百科词典》一九三〇年第一版九卷本恐怕能拦下一辆坦克。

在十九世纪的伦敦，斯万斯比宅雇用了一百多名词典编纂者，在这座宽敞的建筑里不倦地工作。人们津津乐道，说每位员工都获赠了一只统一规格的斯万斯比宅皮质公文包、一支统一规格的斯万斯比宅蘸水钢笔以及印有斯万斯比宅抬头的信纸。天知道这个项目是谁赞助的，只能说他们的确在意品牌形象的统一。传说这些词典编纂者都是大学一毕业就被网罗进来的，为许诺的高薪职位所招募，使命是推出一部权威的英国百科词典。偶尔我会想到

---
①"实习"的英文"internship"和"拘禁"的英文"internment"发音相近。
②原文为"interment"，和前文两个词词形相近。

他们——那群从书房里采摘的年轻人,大约比我更年轻,一个世纪前,来到这同一座房子里钻研语言。他们身负压力,词典第一版必须赶在《牛津英语词典》之前面世:精当的词义、精心调研后撰写的短文,假如不是第一个出现,又如何得到"伟大"的殊荣?大卫·斯万斯比的曾祖父从十九世纪五十年代中期开始主持这项任务。他名叫杰罗夫[①],总让我想再查一遍拼写有没有出错。他满脸胡须的尊贵肖像就挂在一楼的大厅。"蓄须"这个词就是为这样一张脸而生的。看杰罗夫·斯万斯比的模样,感觉他呼出的气会是甜腻的。不算难闻,只是不太清新。别问我为什么这样想,也别问我为什么看一幅肖像就能下这样的定论。有些论断就是这样,没有理由。

我在这里实习三年了。入职第一天,我被领着参观这座大宅,聆听公司简史。我参观了早期审校者和出资人的肖像,在战前与战后,他们争相维持这项事业的存续。一切都源自杰罗夫·斯万斯比教授,一位看似能为词典编纂事业招揽肥厚资金的有钱人。十九世纪末,他积蓄完毕,着手在一处俯瞰

[①] 原文为"Gerolfo"。

圣詹姆斯公园的土地上建造房子。这处房产是为了完成使命而建，由建筑师巴希尔·斯雷德设计，登峰造极，配有电话、电梯、同步钟[①]主摆等设备，主钟发出电脉冲，确保宅子里每一座钟指示的时间都相同。杰罗夫·斯万斯比教授以自己的名字命名了这栋房子。"登峰造极"一般的电梯，为的是深入地下室，那里存放着许多庞大的蒸汽金属印刷机，是大卫·斯万斯比那蓄须的曾祖父在计划之初就购置并安装的，待词典编写完毕后便能付印。这项雄心勃勃的事业，确立伊始就意味着金钱的大出血。

词典尚未印出第一版，甚至还没编到"Z"部，计划骤然中断。词典编纂者被征募入伍，一批批死在第一次世界大战的战场上，《斯万斯比百科词典》那已投入巨额的初生事业告一段落。每天走过斯万斯比宅侧面，我都会经过一座为纪念这些年轻人而立的石碑，他们的名字按字母顺序刻在大理石质地的索引表上。

未竟的词典，被拦腰截断的、有关秩序井然的新世界的蓬勃梦想，注定被埋葬的潜能：这是留给

[①] 原文为"Synchoronome clock"，机械计时表，利用主摆发出的脉冲信号来调节普通钟表的配速。

戛然而止的一代人恰如其分的纪念。

我能体会。这样的体会从许多方面都让我自深处感到不适,但我能体会。这部词典以未完结出版物的形式存在,成为一个悲哀、空洞、毫无乐趣的笑话。

最初的印刷机在战时被熔化,用来制造子弹。参观时,我只因翔实的细节而点头。那时我的脑子里只有一个念头:我终于找到了一份能活命的工作。

大卫和我在斯万斯比宅三楼破败的办公室工作。这座宅子地理位置优越,咫尺之隔便是圣詹姆斯公园和白厅,拥有美妙的古典装潢细节和空间布局,于是下面两层和宽敞的大厅都租了出去,用作发布会、会议和婚礼场地,为了给宾客留下深刻印象,布置成相当壮观奢华的模样。大卫雇用过形形色色的自由职业活动经理,按照形形色色客户的形形色色品位,置办帐篷、横幅与鲜花。顶层不对外开放——楼下崭新、光洁,黄铜灯具每日擦得闪闪发亮,灰尘全被围剿,而我们办公室之上的楼层为人遗弃,无人问津。在我的想象中,那里的防尘罩足够披满一个村庄的幽灵;从房梁垂下层叠的蜘蛛网,稠得像棉花糖。偶尔我听见急促的奔跑声,老鼠、松鼠或某种未知生物从我办公室的天花板上跑过。有时会有灰浆应声飘落在我的桌面上。我没有告诉过大卫。他也没有告诉过我。

楼下随时可以拍摄宣传片、举办光鲜的喜庆活动；空旷的楼上则有老鼠和幽灵出没，我们办公的房间便夹在中间。软装是灰白单调的现代风格：我的房间是迷路的客人走上楼来看到的第一间。隔壁是阴暗的复印室，再过去是办公用品储物间，最后是走廊尽头、大卫·斯万斯比的办公室。那间屋子最宽敞，但仍仿佛被书、文件柜和文件夹塞得喘不过气来。

这几个房间是斯万斯比的豪情壮志到如今仅存的领地。能拥有一间哪怕十分狭窄的单人办公室，我已觉得自己堪称幸运。在这样一座令人望而生畏的庞然大宅里唯一的员工。我该庆幸能在这座宅子里任意漫游，即便这是座一度前所未有、如今濒临破败的建筑。

你也许听说过"山鼬词[①]"——黄鼠狼似的滑头

[①] 原文"Weasel word"，英语俗语，指用于回避直接或坦率陈述立场的话。

话,故意用暧昧不清的说法误导对方,偷梁换柱。每次听到"前所未有"我都会想到山鼬词。譬如"我办公室里的空调系统前所未有"这样一句话,并没有点明"破败"也是一种从前没有的状况,而那可疑的"有",或许代表着"一个每过两星期就往打印机里滴落硬邦邦黄色黏液的箱子正在你头顶轰鸣"。

"山鼬词"这个说法大约来自民间传说:黄鼠狼能不打破蛋壳而把蛋吸空。教你的黄鼠狼偷空鸡蛋。"山鼬词"是没有意义的空洞语言。我的推荐信和简历上就有些关于专注和精益求精的山鼬词,还有拼错了的"热忱"。

我的工作还包括接听每日来电。都是同一个人打来的,威胁要把这栋房子炸成碎片。

我怀疑接电话才是这份实习真正的目的。斯万斯比词典不像是还有余钱挥霍在"渴望历练"(需要引证)的二十多岁小年轻身上。我上一份工作的时薪不足一点五英镑,内容是站在传送带旁,把一只只没覆盖到糖霜的姜饼人旋转三十度。这件事我在简历和面试中都没有提——在斯万斯比宅工作,至少不会再梦见那些没有五官的硬脆身体。

没有电话来的时候，我会翻阅工作台上一卷落单的词典，以免发疯。Diplome〈名〉，我读道，更高级别权威机构签发的文件；diplopia〈名〉眼疾，视物重影；diplopia〈名〉眼疾，视物重影[①]；diplostemonous〈形〉【植物】二轮雄蕊的，或雄蕊数是花瓣数两倍的。

用这三个词造一句话，我想。然后电话响了。

"早安，斯万斯比出版社。有什么能帮您的？"

"祝你们下地狱。"

面试的时候没说有这种工作。我能理解原因。入职第一天，我接起电话，对自己将面对什么一无所知。我清清嗓子，轻快——太过轻快地说："早安，这里是斯万斯比出版社，我叫马洛里，有什么能帮您的？"

我记得肩上落下一声叹息。大卫和我事后认为，那人用某种机械装置或软件改变了声音，听起来像卡通机器人。但当时我还不知道。那是一阵尖细的杂音，像铰链松开的动静。

"抱歉？"我说。回想起来，我不知道那是本能

[①] 此处原文重复一次，应是对"视物重影"这个词的戏谑。

还是新入职给的粗神经。"我没有听清,可否请您重复——"

"希望你们都去死。"那声音说。电话断了。

有时是男声,有时是女声,有时是卡通羊声。你会以为,一两周过后,接这样的电话会变成习惯,像打喷嚏和早上开信箱一样平常。但我很快意识到每天上午的流程是这样的:电话响起的那一刻,我身体里的一切循环都会短路,通向不自觉的颤抖。血流从脸上退尽,凝成黏糊缠结的一团,冲撞我的太阳穴和耳朵。我的腿发软,视野缩窄,两眼发直。假如你能看见我,我模样里最明显的特征,就是每天早上接电话时,伸出的胳膊上都布满大大小小的鸡皮疙瘩。

在这场于午饭时间展开的储物间近身格斗中,大卫一直注意着不要碰到架子。"电话?"他说,"是我在十点钟听到的吗?"

我点点头。

大卫张开手臂,笨拙地和我拥抱。

我对着他的肩膀嘟哝了一句谢谢。他退开,把架子上的标签机重新校准。

"来我办公室一趟，等你——"他看了一眼我手上已经空了的塑料餐盒，看来先前完全没发现，"——吃好午饭。"

主任编辑把实习警卫[①]留给了储物间、天窗与冬日阳光的暖意。我站着发了一会儿呆，随即在手机上搜索海姆立克急救法[②]，一边咽下嘴里的煮鸡蛋。我试了四次也没拼对manoeuvre这个词，不情不愿地交给了自动纠错。

[①] 原文为"intern-on-guard"，与前文"editor-in-chief"是文字游戏一样的对应。
[②] 原文为"Heimlich manoeuvre"，主要用于气道异物堵塞的急救方法，和前文吞咽鸡蛋的情节相互呼应。

B 代表 bluff〈动〉虚张声势

彼得·温斯沃思在第四堂朗诵课上灵光一现：想摆脱头痛，最好的办法是屈起膝盖顶着下颌，径直滚进洛克福特-史密斯医生家燃烧的壁炉。

"一丝鲜妍的红晕悄然四散，泄露她温柔内心的思绪。"

医生复诵了一遍，没发现患者又向壁炉投去渴望的目光。

假如宣传册上的推荐语可信（只需一点指引，你也能练就完美的发音！），洛克福特-史密斯医生在伦敦颇受追捧。许多政客和神职人员都是他的客户，他最近还接待了蒂沃利花园的首席腹语师——龅牙、结巴、口沫横飞、嗓音粗哑的人，最擅长胡言乱语的人。温斯沃思心想,不知道那些与他同病相怜的人,在门厅把帽子递给管家的时候,会不会也像他似的笨手笨脚。但想必不是每个人就诊前都和他一样,站在走廊里笨拙而痛苦地寒暄,为让切尔西街上一月的寒风吹进屋内而不住道歉?他们恐怕会热切地落座,感动于自己终于能从肺里呼出完整的气息,灵活地操纵嘴唇。也许洛克福特-史密斯医生的患者之中少有像他这样垂头弯腰走来的人。他们复诵绕口令的时候,不会有隔夜威士忌糊在喉咙里,不会有坚实的头痛压迫着脑桥。

脑桥是温斯沃思昨天新学到的词。他不知道这个词自己当真理解了没有——说这话的人拍了拍后颈,又拍了拍前额,好像要提供使用场景——但形状与发音已经留在他脑中,像一段不由自主想去哼唱的旋律。

得知脑桥以来,温斯沃思与这个,乃至所有词的关系已经急转直下。一时的熟稔发酵出轻蔑。那天早晨,温斯沃斯穿着前一天的晚礼服醒来,耳畔还回旋着脑桥。前一天是他认识的人的生日,他们都已到了渴饮的年纪,不消片刻,聚会就从文雅转为欢快,再转为烂醉如泥。脑桥。脑桥。脑桥。温斯沃思终于在更衣室镜子里看见了自己的模样，惊恐而笨拙地行了个醉醺醺的接见礼。他从额头上解下领结，从下巴上摘下沾着黏发油的枕头羽毛。把脚从正装皮鞋里拔出来的时候，温斯沃思才想起自己还有一趟要赴的约。他换上一双新袜子，没找到雨伞，匆匆出了门，向切尔西飞奔。

洛克福特－史密斯医生打量着来客的面孔，温斯沃思清了清喉咙，不仅是厘清思路，也为了盖过鸟鸣声。那只橙色的鸣鸟是诊室里一种小巧却阴险的元素。不仅仅因为每周治疗时它都叫个不停。单单鸟鸣是愉快的，或许可以活跃气氛。这只鸣鸟的问题在于，每当温斯沃思在椅子上坐定，它会越过整个房间，露出近乎真切的嫌恶与他对视，肉眼可见地深吸一口气，用鸟语嘶吼。

政客、神职人员、蒂沃利花园首席腹语师或许都有过和温斯沃思同样的渴望：将鸟笼及其居民一起丢出洛克福特－史密斯医生的窗外。

医生重复台词："一丝鲜妍的红晕——"

温斯沃思不知道这只鸣鸟的确切种类。第一次咨询结束后，他就开始筛选候选鸟类，以知晓敌情。

就咨询哪些人、信赖哪些书而言，身为百科词典的编纂人员，温斯沃思理应占有优势。整整一个星期，他一门心思凭借憎恶在记忆里鉴定这只鸟的身份，甚至耽搁了本应完成的工作。他专心查询动物学目录，翻阅图解指南，搜罗各种小型鸟类的食性、迁徙模式、分类学、使用蚂蚁清洁羽毛的举动、神话与传说对它的解读与误读、在菜单与磨坊货物清单上的显要地位等等，但那只鸟确切的品种仍然是未解之谜。总的来说，这是一种麻雀，是戏剧服装制作人的好友。哪一本百科词典也不会撰写这样的内容，不过温斯沃思仍想让读者知道，假如有鸣鸟是为怒视而生，那无疑就是洛克福特－史密斯医生的这一只；假如有鸟生来就能吐痰，这种鸣鸟显然乐于发挥它的优势。它始终有一股伺机而动的气质。"一丝鲜妍的红晕悄然四散，"洛克福特－史密斯医生说，"泄露她温柔内心的思绪。"

这只鸟长着一身荒诞的橙色羽毛。洛克福特－史密斯医生的咨询室里绝大部分都是橙色，足够温斯沃思列出一张清单：

洛克福特－史密斯医生的咨询室（各种微妙的橙色如下）：

茶褐，茶色，赤色，橙红，淡红，镀金，绯红，天赐格兰利威特威士忌，桂榴石，红褐，红辣椒，红毛猩猩，红铜，胡萝卜，琥珀，虎纹，黄褐，黄鹂，黄铜，黄玉色，黄针铁矿，火焰，姜黄，金黄，金盏花，橘红，橘子酱，火山红，锰铝榴石，米摩雷特奶酪，蜜瓜，蜜橘，蜜糖色，南瓜，柠檬，散沫花，沙色，珊瑚，沃蒂艾克人，杏黄，血红，余烬，赭色，朱红，朱砂——

橙色的墙帷，橙色的缎面床罩，橙色的胡桃边木家具，橙色的鸣鸟。与之相反，洛克福特－史密斯医生总是穿一身毛茸茸的苔绿色花呢衣服。也许是头痛的影响，在这第四堂朗诵课上，这身衣服正以一种前所未有的澎湃力道冲撞着整个诊室的装潢。

鸟轻轻试了试音，掐准了温斯沃思迈进房间那一刻，发出尖锐的嗡鸣。时钟冒出打嗝似的响动，标记时间的流逝，洛克福特－史密斯医生庄严念诵悄然散开的咒语，而那只鸟唱够了简单的咏叹调，认为打击乐更能展露它的才华。它撞向鸟笼边的金属条。

医生侧耳等待。温斯沃思闭目整理思绪,准备把这句话交还给房间。每个音节都奋力圆回那个不甚严密的谎言。"一丝——"

哐。鸟笼的方向传来声音。

"——悄然——"

哐。

"——泄露?——"

丁丁丁

丁丁 - 丁零丁

丁丁零丁零零零

撞击,刺耳的啼鸣,昨夜残留的威士忌。疼痛啃噬着温斯沃思的头骨,他摇晃着向后倒去,泄了气,陷进椅子里。

温斯沃思待在洛克福特 - 史密斯医生诊室的正式理由是治疗他咬舌①的毛病。这些疗程并非由他预约,相反,他怀着非常充分的理由排斥诊疗:他的咬舌完全是有意的。从孩提到青年时代,自然也

---

① 指说话时舌尖经常接触牙齿,致使发音不清。

包括加入《斯万斯比新百科词典》编写计划的五年来，彼得·温斯沃思炮制、模仿，打磨出了一种假冒的语言障碍。

他不能确定除了纯粹的无聊，他学会咬舌还能有什么理由。也许是一种孩子气的、孩童式的念头：咬舌的毛病让他更讨人喜欢。从很小的时候他就发现，说话时像这样改变发音，收到的回答会和蔼许多。在他所知的范围内——他在意的范围内——这个骗局没有伤害过谁。微不足道的乐趣，微不足道的安慰。

有时，私下里，温斯沃思会在刮胡子时对着镜子默念自己的名字，确认咬舌没有扎下根来。

"鲜妍！"医生催促道。
"鲜妍。"温斯沃思念道，舌头卷到牙龈后。

温斯沃思的母亲觉得他儿时咬舌的发音可爱，他父亲却觉得可笑。小温斯沃思因此更打定主意维系这个假象。他的一位叔曾祖父也像这样讲话，这成了一段家族趣闻的起源：《泰晤士报》把长 /ʃ/ 替换成 /s/ 之后，这位长辈脸上顿时挂不住了。从此他在早餐桌上粗声粗气地念出"finfulneff！[1]"或"forrowful![2]"的时候，再不能用"读得太快"来辩解了。这则家族趣闻其实是温斯沃思的杜撰，为的是填满交谈中让他尴尬的沉默。只要在他看来没有明显害处，他就可以轻松捏造一段谎言。从学校毕业，在球场和留堂时段磨去娇气的指控后，温斯沃思有意把咬舌与黑板和课本一道抛在身后。但出于习惯，或许也有紧张，在面试《斯万斯比新百科词典》一个不起眼的审读员岗位时，他不小心漏出了一个nethethary[3]。

词典编辑的神情柔和下来，含着不会错认的怜悯。咬舌继续留用，温斯沃思有了一份体面的工作。

温斯沃思在斯万斯比宅的工作集中在字母"S"以后，解决咬舌的问题变得迫切起来。日复一日，他把一张张写有S部词语的粉蓝色索引卡片摊在桌上，所有的词条词目都丝丝入扣嘶嘶作响。那位在面试时宽容温斯沃思的不咬舌编辑把他叫到自己的桌前，柔声解释说，温斯沃思这一年的圣诞奖金将

---

[1] 即"sinfulness"。
[2] 即"sorrowful"。
[3] 即"necessary"。

折成一位欧洲著名朗诵学家的培训课程。

"随着我们的工作进入 [Ryptage]-[Significant] 这一卷,"杰罗夫·斯万斯比教授说,手搭上温斯沃思的肩膀。凑得很近,温斯沃思能辨出他的口气:柑橘皮和"弗里堡与特雷耶"①最高级烟丝的奇异组合,"我想现在或许正是解决问题的好时机——你看,当你继续为我们伟大的《斯万斯比百科全书词典》担任特使的时候。"

"您说,特使?"

斯万斯比停顿了一会儿,尽量表现出和善的模样。"不错。"那只手在温斯沃思肩上的力道紧了几分。

咬舌是温斯沃思在斯万斯比宅深入人心的标志,这样的提议很难回绝或忽略。洛克福特-史密斯医生的授课日程安排妥当,不菲的授课费用由公司支付,于是到了一月,温斯沃思陷在一张橙色扶手椅中,与头痛搏斗着,连续第四周假装咬舌。

洛克福特-史密斯医生的个别辅导不同寻常,却远谈不上愉快。附带的捉迷藏也是无法愉快的理由之一。温斯沃思必须努力藏起他无可挑剔的标准

---

① 原文为"Fribourg & Treyer",烟斗品牌。

发音，不能露馅。上一次诊疗的内容，是把鹅卵石含在嘴里，读洛克福特－史密斯医生的科弗代尔[①]版《圣经》译文。有一次是木偶戏，用一只比真实舌头更大的丝绸舌头演示说话时运用的肌肉系统。温斯沃思得知这只舌头是由不在场的洛克福特－史密斯夫人制作。她想必是一位多才多艺的女性，温斯沃思那时想，但制作舌头恐怕并非她所长。丝绸上的针脚太过显眼，几缕内芯从接缝里冒出来，垂下无精打采的小小突起。在肌肉平安地夹回两排硫化橡胶牙中间之前，温斯沃思看着洛克福特－史密斯医生用它演示如何改进发音，花费了足足半小时。

舌头看起来已经为下一场演出调试妥当，静静地挂在门边的专用挂钩上。

洛克福特－史密斯医生双手握着一只音叉[②]。"您的音调尚属准确，"医生说，"嗓音也清晰。但是，还有些奇怪。'鲜妍'，再来一遍？"

也许医生完全明白他的咬舌是装出来的。你浪

[①] Miles Coverdale（1488—1568），英国神父，用英文翻译《圣经》，于1535年出版，这是印刷机发明之后所印出的第一本完整版英文《圣经》。
[②] 呈"Y"形的钢质或铝合金发声器，可以产生单一波长的机械波。在医学上可用来测试病人的听力。

费我的时间,我就要用它的动静折腾你。温斯沃思只剩这一个理性的猜测来解释音叉出现的缘由。毕竟在鸣鸟的尖叫声里,很难辨出音叉与话音的共鸣。他不知道洛克福特－史密斯医生如何忍受这声音——他头痛欲裂,想把听觉神经绞出水,把某个音从中拔除。血液在他耳内轰响,冲撞,脑桥脑桥脑桥,洛克福特－史密斯医生忽而满口是牙,忽而嘴巴太小。眯眼看看,温斯沃思想,也许面前的景象会更清晰。两只眼睛同时用力一挤,或许能把这世界截成能够容忍的切片。他不想失礼。轻轻地,缓步前进,像步兵推进阵线——只要微微蹙眉,额头几乎不可察觉地皱起,如此眯眼就会被认作专注的表现。

洛克福特－史密斯医生又敲响了音叉,温斯沃思的脸皱成一团。

实在该有一个词来归纳饮酒过量的种种后果。头疼,躁动的偏执——少了这样的词,语言便显得贫瘠。温斯沃思决心找位编辑谈谈此事。

温斯沃思此刻已经确信,威士忌就是他清晨惨状的罪魁祸首,但前一夜的红酒、白兰地和各种烈酒无疑亦有贡献。生日宴之前没有吃太多东西也是原因之一。温斯沃思想起他在推车上买过些榛子。除此之外也许并没有吃什么，事后想来，这些榛子也许还是煮过的，好在烘烤前显得饱满。劣质榛子，足够醉倒一头水牛的酒——这微不足道的一餐在清晨被温斯沃思还给了皇家歌剧院旁寒霜覆盖的人行道。记忆愈合，闪烁着崭新的澄明光泽。一位女士的长柄眼镜掉进了这一摊污物。温斯沃思仍飘浮在白兰地乐园，愉快地把眼镜捞起来还给她。那位女士立刻躲开他，惊骇不已。

起床匆匆赶去洛克福特-史密斯医生房间的路上，温斯沃思摸到那副眼镜，仍贴在他外衣口袋里。一只镜片破开星形的裂纹。

洛克福特-史密斯医生讲话时，温斯沃思把手探进裤子口袋。他体会到一种奇特的失落——手指紧紧扣住一块没吃过的生日蛋糕。

"您还好吗，温斯沃思先生？"

患者咳了一声。"今天有点——啊，只是因为今天有点热，我觉得。"他说。

"我没觉得。"医生看向诊室里的壁炉。

"有一丝吧,大概。"温斯沃思刻意把重音放在咬舌的嗡鸣声上。他又衷心地加了一声"抱歉",加强咬舌的效果。屋子另一边的鸟露出恶心的模样。

洛克福特-史密斯医生在橙色笔记本上记了一笔。"别灰心,温斯沃思先生。您有一些值得骄傲的同伴——您看,摩西说话咬舌。上帝也是。"

"真的?"

"是啊!"洛克福特-史密斯医生张开双臂,"我还要祝贺您,否则就太不负责了:这几个星期以来,您的发音有了明显的改善。"

温斯沃思抬手用衣袖擦了擦上唇。他发现拇指沾了蛋糕的糖霜,于是双手交叠,覆在腿上。去医生家的路上,他误入一道蜘蛛网——被拉住、被无形之力所房获的可怖感觉于整个上午都挥之不去。"谢谢,听您这样说,我很振奋。"

"接下来,"洛克福特-史密斯医生把音叉收回膝盖高度,继续说,"稍稍放松下巴,重复这句话:'"呲呀!"埃兹拉嘶吼着,攥住震惊的泽诺的双耳。'"

温斯沃思始终不能确定,这些语句究竟是标准测试,还是洛克福特-史密斯医生的个人发明。第一堂课后，医生让温斯沃思回家后反复朗诵"傻傻的苏珊坐在沙滩上用线系晒干的海草，时时吟唱或细听塞壬的歌声"。温斯沃思从课堂闲聊的点滴线索中推测，"苏珊"正是不在场的洛克福特－史密斯夫人的名字。她那泛黄的肖像挂在医生家的壁炉上方，仿佛一只裹着裙衬的飞蝇凝固在琥珀里，仿佛逝者一般受人怀念。在洛克福特－史密斯医生口中，这位不在场的苏珊罹患一种神秘的疾病，日渐衰弱，如今为健康着想，正在阿尔卑斯山中一座僻静的疗养院休息。医生的书桌上散落着她的许多封来信，细细描述阿尔卑斯山间的空气和早餐里精细到烦琐的穆兹利①。可怜的苏珊，与塞壬为伴。温斯沃思始终觉得这样做有点不够妥帖：把病中的医生夫人召唤来一片嘶嘶作响地欢腾着的奇异海滩，吟唱或是细听塞壬的歌声。第四十遍复诵后，温斯沃思发现，他已经可以不带感情地把重音放在"傻傻的"上面了。

温斯沃思越来越坚信，洛克福特－史密斯医生

---

① 发源于瑞士的一种流行营养食品，主要由未煮的麦片、水果和坚果等组成。

故意没有把他机骗①的行径告知兹万斯比②，也没有痛斥他浪费医生宝贵的时间，而是刻意设计了一些荒诞可笑的发音练习，想看看他这位患者到底能伪装到何等程度。温斯沃思相信那只该死的鸟绝对知道他在撒谎，大约是利用动物看见幽灵或预感暴风雨的那一种直觉。

然而，对震惊的泽诺③和他的双耳④这新一轮狂轰滥炸，想忍住不发笑是不可能的。温斯沃思的脸、脑子和内脏今天都经受不住。他冒险试图转移话题。

"您刚才说——不好意思，您刚才说上帝也是咬舌？"他问。

医生显然对这个问题早有准备，大步冲到桌前。"请看这部科弗代尔版《圣经》！我标出来了，就在《以赛亚书》，第28章，我记得——"

温斯沃思试图把刚发现的隔夜蛋糕揉碎，捻起一点抹到椅垫底下。那只鸟看见了，一下下地撞起笼子来。

---

① 原文为"detheption"，是对"deception"一词咬字不清的发音。
② 原文为"Thwansby"，是对"Swansby"一词咬字不清的发音。
③④ 均出自前文医生所提供的朗诵语段。

"对,而且,别处也写了,摩西,你知道吗,"医生继续说,"对,还有摩西!"洛克福特-史密斯医生闭眼背诵:"'摩西对耶和华说:"主啊,我素日不是能言的人,就是从你对仆人说话以后,也是这样,我本是拙口笨舌的。①"'"

"我以前不知道我还有这样荣耀的同伴。"温斯沃思确定医生告一段落后,立即开口。

医生合上科弗代尔版《圣经》,面露忧思。"罪孽正是以嘶嘶声落入人世的,"——温斯沃思停下手里碾蛋糕的动作,僵在椅子里——"如果将折磨您的苦恼视作警醒,或许它可以更加有益。"

鸟笼**当啷**一声。

医生猛地将双手合拢。"然而,一切都可以弥补。所以,接下来,请和我念:'"呲呀!"埃兹拉嘶吼着——'"

温斯沃思熬过了无数次对话和复述,并且没有弯腰、呕吐在自己的鞋上:他该为自己骄傲。他记得当血流从头脑里退尽,眼神游离时,他浮现出这

---

① 出自《圣经·出埃及记》4:10。

个念头。

"我们的倒数第二堂课到此为止。"医生拍拍膝盖掸去手上的灰。

"不必再有舌头和鹅卵石了?不必再见泽诺?"温斯沃思把手腕从头发之间拖出来。

"下周我再看一看,有多少位泽诺光临我们的最后一次见面。"

洛克福特-史密斯医生的下一位客户已经在走廊里等候。那是个大约七岁的小姑娘,母亲不厌其烦地念叨着"你好!""早上好!"。小姑娘身子一缩,避开了洛克福特-史密斯医生伸过来、想拍拍她头顶的手。温斯沃思认得她,前几周,出于好奇,他问过这孩子来访的原因。她似乎患有某种自语症[①],只要有旁人在场就绝不开口。她的读写能力非常优秀,但在人前永远保持沉默。据洛克福特-史密斯医生陈述道,她的父母曾无意听见她独处时说一种她自己发明的语言。被问及辅导是否有成效时,医生含糊其辞,只说他们已经通过纸、钢笔和橙色蜡笔确信,这孩子觉得她在和一只幻想里的老虎交

---

① 一种神经学病症,表现为内容难以理解的自语。

谈。老虎名叫"坏脾气先生",无论她去哪儿都跟在她身边。

这天上午,两位患者走过洛克福特-史密斯先生房间的门槛时,视线交会。"坏脾气先生"应该也在走廊里,和小姑娘与她母亲一起被领进医生的诊室。温斯沃思想象"坏脾气先生"怀着隐秘而贪婪的渴望,凝视着医生书房里那只鸟。他向小姑娘报以密谋一般的微笑。

孩子回望着他,礼貌而迷惑。她的面色沉下来,清晰地发出一声低吼。

脑桥脑桥脑桥。

彼得·温斯沃思拾起帽子,快步走下台阶,来到大街上。

C 代表 crypsis〈名〉保护色

我的日常工作是浏览大卫·斯万斯比把《斯万斯比新百科词典》文本数字化的成果。他梦想着为这部未完成的词典更新词条,免费放在网上,为他的家族、他前辈编辑的智识与愿景增色。在他的宣言里,这高尚的计划既有助于全人类的进步,也能让斯万斯比的遗赠成为一部功成名就的杰作,而不是一发高贵的哑炮。

我暗暗查询了"妄自尊大"的定义。

为了达成这番美好愿景,斯万斯比出版社微薄的资金尽数投入了词典的数字化与词义更新。首版、最终版也是唯一一版,未完成形态的《斯万斯比词典》出版于二十世纪三十年代,背后是此前数十年积累的庞杂笔记和校样，想把这样的词典数字化绝不会轻松。讨论时，大卫明确地说，他不会在这些原始资料里添加新词，因为这仿佛背离了斯万斯比的精神；他想更新那些已有的词，使它们适合当代的读者。

听到这里我不禁指出，在线词典已经有了，也有在线百科全书，专家和爱好者每分每秒都在更新它们。我在手机上为他演示了一番。毫无竞争力。大卫面露倦色，还有点难过，因为我没能领会他宏伟的梦想。

"可是，让斯万斯比词典也跻身其中，这该有多好！"我滑过形形色色的网站列表时，他说，"让《斯万斯比百科词典》终得安歇！"

我不大理解其中的逻辑，但我的薪水仰赖这个让我不大理解的逻辑。每次经过杰罗夫·斯万斯比教授的肖像，我都会掏出手机查一篇文章：怪癖有没有遗传倾向。

大卫·斯万斯比整天关在办公室里，照着他的家族词典，把每个词条逐字逐句地打出来，竭力更新每一条词义。说句公道话，我看词典数字化的进展之所以如此拖沓，这份"实习"之所以能持续三年,根本原因是大卫发现了一种叫作网络象棋的东西。不仅如此,他还发现了一个能让人"亲历"象棋史上著名经典战役的网站。网站由某种程序编写,从故纸堆里发掘资料,能重现某位棋士在某场比赛中的下法,于是你可以动用自己的智慧与那位棋士的幽灵对弈,看看自己能不能成为更出色的对手。已经过了八个多月,大卫仍困在一场初记于一九二六年的棋局中,对战二十世纪杰出的象棋史学家哈罗德·詹姆斯·卢斯汶·穆雷(1868—1955)。可以说他是象棋史学家。也可以说他是《牛津英语词典》第一任编辑的第十一个孩子。每当我路过大卫的办公室,听见他拍打笔记本电脑或是对着显示器咒骂,便会生出这个念头:他要亲手了结斯万斯比词典与牛津词典的宿怨。我不知道他赢过没有。假如赢过,他肯定会告诉我的。

有天晚上,在我们住的公寓里,我试图向皮普解释词典数字化这回事。编纂词典所用的绝大多数笔记都来自十九世纪最后一年,时代反映在出现和未出现的词里。我环视厨房寻找佐证。比方说,茶包(*teabag*)。一八九九年还没人说过这个词,所以词典里没有它。

"动词还是名词？①"皮普问。低俗。我扮了个怪相。

一八九九年，茶包这个词还没有从草稿纸或整齐的释义栏里蹦出来。茶包还没被发明。如果你信任当时出版的其他几本词典的话，一八九九年，没有人侧手翻，那个词还不存在；也没有扶梯。一八九九年，男性气质的（blokeish）、勾引（come-hither）、宿舍（dorm）尚有一年才会在英文词典里现身。Hangover 和 morning-after 直到一九一九年才突然与酒精产生关系，无缘以"宿醉"的含义登上斯万斯比词典被战火摧毁的书页。无论如何，语言当然继续发展。天知道员工聚会上发生了什么，才需要那两个词焕发这般新生。

我在工作时越是这样遐想，就越喜爱一九〇〇这个年份那迫近却不可触及的发音，以及它新创造的词，喜爱在那一年抵达唇齿、耳朵和墨水的词语。Teabag, come-hither, razzmatazz（眼花缭乱）。比起一八九九年和于那一年奋笔疾书的词典编纂者，一九〇〇年听起来有趣得多。

---

① Teabag 在俚语中还有"把阴囊放入性伴侣口中"的动词用法。

一八九九年，大象被大肆屠杀，以满足对高级台球的需求。一根象牙最多能制成四颗台球。这段往事是我第一天读词典时，闲极无聊往后翻，在第五卷的"象牙贸易"词条下看到的。随后电话铃声响起，我想着被杀的大象，摘下听筒，夹在下巴与耳朵之间，接起电话。

为百科全书与词典更新释义当然不是一件新鲜事。在接听恐怖来电与待在储物间吃午饭的间歇，大多数工作时间里我都在阅读这些改动。人物小传要续写，国家更改名字或彻底不复存在。《斯万斯比词典》在这方面有许多优秀的同路人，它所延续的是工具书竭力与时代同行的悠久传统：亚伯拉罕·里斯出版《纲要》，目的是修订钱伯斯一七二八年编写的《百科全书》。里斯在出版前的布道会上着重说道，他的意图是"逐出陈旧的科学，删去不必要的内容"。科学的进步造就新词与新理解，不断让昔日整齐的"豆腐块"文章失去必要，乃至毫无用处。例如，十九世纪《英国百科词典》收录的疟疾（malaria）词条仍然叙述，这种疾病的传播经由浮于沼泽上的一种神秘气体——瘴气（mala aria）。这个说法大体是正确的，词源也经得起推敲，但全然没有体现蚊子作为昆虫媒介在其中的作用。大卫一向迫不及待地指出，《牛津英语词典》的首版漏掉了 appendicitis〈名〉阑尾炎——一九〇二年，爱德华七世的加冕典礼因这种病而推迟以后，这个词便成了媒体热点，词典也因为这个疏漏被骂得体无完肤。

为传统词典定调的往往是编纂者自身的知识背景，也许还有个人偏好。我确信，大卫·斯万斯比这样安慰过自己：一部没有疏漏、面面俱到的完美百科全书词典注定不可能存在，因为任何编纂者或编纂机构都无法保证视野的完整和客观。没有人是一座孤岛，没有词典是一颗恒星，诸如此类。自然，决定删去某个词，让更"合适"的词有机会取而代之，这是容易引发争议的。《牛津初阶英语词典》在近期的编辑计划中，声称要将 catkin（柔荑花序）和 conker（七叶树果）替换为 cut（剪切）、paste（粘贴）和 broadband（宽带），引发全国瞩目，招来许多激愤的意见。《斯万斯比词典》网络版更新引来的非议要少得多，主要是因为几乎没人在意。

几乎没人。

电话铃又响了一声。

词典不会再增添新词，但现有的许多词义要更新。比方说，动词 refresh 就需要做些微调：一八九九年的"refreshing mobile stream"，词条意思是"清凉的活水"，与如今的"刷新手机信息流"大相径庭。Tag（标签）、viral（病毒式传播）、friend（友邻）的含义也与它们刚出现时不同。这样的词还有 marriage（婚姻）。

一八九九年对婚姻的定义如下（着重显示是我加的。——你能有多少机会真的说出这句话呢？）：

婚姻〈名〉指缔结**夫妻关系**的行为或仪式，**一男一女**在身体、法律、道德层面幸福地结合，全然一体，准备组建家庭……

电子新版里，大卫将这个词条改写为：

婚姻〈名〉指缔结二人关系的行为或仪式，**两个人**在身体与法律上结合……

不知为何，这处改动在报上激起了一些谩骂。也招来了这些电话。

除了接电话以外，我的工作还包括为大卫上传的词条校对拼写与标点。这费时费力，因为大卫痛恨网络象棋以外的一切科技。采购办公设备也吝啬得很。在斯万斯比宅使用电脑，这意味着和沙漏相看两厌。我电脑加载界面上的那枚沙漏沉默而单调，比指甲盖略小，上半截有六个黑色像素，下半截十个。不知道人的一生中有多少个小时，花在注视这幅微型纤腰图上。我想起传承给我的这块键盘上各异的印痕。半灰，半黑，半褐。什么痕迹？皮屑，尘埃？及物动词slough(陷入泥潭)和名词sebum(皮脂)浮现出来。曾栖息在同一块塑料上的若干双手留下的印记。其中一些人或许已经死去，这些污渍也许就是他们在世上仅余的痕迹。这键盘让我有点恶心。

回到这个加载中的沙漏。又一对像素点悬在图案正中，意思是沙粒正在滑落——这枚沙漏会在你的注视下绕轴旋转，仿佛有个看不见的操纵者伸手翻转它，再翻转回来。这是人人都知道的。何必自言自语地讲解沙漏的运转？与百科全书词典为邻使我变得惹人厌烦。繁冗，迂腐，单调往复往复往复。患上沙漏恐惧症的肯定不止我一个。与你并肩工作的箭头或手形符号突然变形，投入另一项不仅不可控，而且优先度最高的使命，这无疑是很吓人的。操作系统繁忙，无暇理会键盘或鼠标输入，电脑前的人也卡住了，等待电脑缓过来，被迫与不请自来的旋转沙漏做伴。

桌上的电话又响起一道刺耳的铃声。

也许,沙漏能够唤起如此严重的焦虑感,是因为在这图案里无从寻觅最终的解脱。不错,它作证,你要在这里坐到海枯石烂!这事毫无意义!全是一场空!何必去学习钢琴谱,何必去记歌词,何必在意"读音"的准确读音?沙的细流不间断地从倒圆锥形的一端落入另一端,根本无从衡量度过了多少时间。我是说,拜托,沙漏这种东西,与其说是进展的象征,不如称作完美的沮丧浪潮,它是无处可逃的恒定的"当下",不曾应许任何未来。没有指针的表盘或许也能造出这样诡异的效果。我为什么想这些?口若悬河又稀奇古怪。我的煮鸡蛋出了什么问题?我以为我是——?

电话铃又响了一声。

在凝滞以外,沙漏的意象还暗示一种独特的渐进:一切自然的事物都趋向死亡。这对于员工士气很是不利。等待电脑屏幕上的沙漏周而复始地流空、填满、再流空,让人想到的不只是徒劳,还有人必死的命运。我拥有的知识足以让我领悟,当西方文化中的"时间老人"或"死神"被描绘成人形时,沙漏总是备受钟爱的道具;倘若在迪士尼版《爱丽丝梦游仙境》里,白兔先生惊叫"我迟到了,我迟到了,我迟到了!"时,握在手里的不是一块怀表而是一只沙漏,他的形象就将是个恐怖得多的小小(我在手机上搜索了一番)兔形魔符。沙漏与堆满骷髅头的房间、燃尽的蜡烛、腐烂的水果并称,是描绘有形世界易逝的虚空派[①]画作中频繁出现的比喻。皱缩的郁金香,干枯的羊皮纸。十七和十八世纪的海盗船把沙漏绘在旗帜上,与更著名的骷髅头标记并列,以利用这种"死亡形象"背景造成的阴郁和战栗。沙漏图案还见于许多墓碑,通常配有光阴似箭[②]或时光飞逝[③]等箴言。

办公电脑陈旧且迟缓。上周我不得不等待它转过一圈又一圈,翻开胳膊肘旁边的《词典》,查阅 obconical(倒圆锥形)和 saturnine(阴郁)两个词。

电话铃响了第四声。一般而言,这是我忍耐力的极限。

然而沙漏意象并不总是伴随着无望。试想一下,

[①] 一种象征艺术,其作品往往象征着生命的脆弱和短暂。
[②] 原文为"Tempus Fugit",拉丁语。
[③] 原文为"Ruit Hora",拉丁语。

有时它恰恰象征着必须惜取光阴。也许正因如此，沙漏是许多饰章①里的组成图案。我查过。我当然查过。UrbanDictionary.com②给出了一种更有风味的定义：hourglassing（沙漏中）是一个动词，形容"一台电脑因正在'思考'而无法响应。'沙漏中'并不等同于死机，而是电脑给出的一种或许是错觉的动态"。在哑谜猜词、画图猜词等家庭游戏中，当最后一粒沙子从附赠沙漏的颈中滑落，人人都会感到一种不祥而绝望的恐惧。这种尺寸的沙漏也被称为egg-timer（煮蛋计时器）。尽管它大约贴切描述了这种沙漏在某些领域——例如早餐半熟蛋烹饪——当中的应用，但我仍然认为，egg-timer相较其同义词clepsammia（窃沙者）而言欠缺诗意。后者被词典编纂者诺亚·韦伯斯特列入他一八二八年编写的词典。该词由希腊语的"沙"和"窃"组合而成，意为每当一粒沙子滑过瓶颈，就有一瞬时间随之离去。无疑，clepsammia愉悦的齿擦音也能引发这样的想象：物体倒转，光滑的细流从一颗玻璃球流向

---

① 一种按照特定规则构成的彩色标志，专属于个人、家庭或团体的识别物。
② 一个解释英语俚语词汇的在线词典网站。

另一颗。与《韦伯斯特词典》不同，《斯万斯比新百科词典》在其不完整的一九三〇年版里始终忽略了clepsammia。不过，它的确收录了hour-glass（沙漏），用连字符相接。两个对称的单词，一道短短的连字符构成地峡，书页上的hour-glass一如它所指的物体本身，侧卧在它平衡的轴线上。

电话铃还在响，直直钻透我的头骨。

陪伴倒霉的电脑用户（我）度过等待时光的图形当然不止沙漏。例如，苹果电脑里那颗旋转的圆珠，会被人亲切地称为"死亡旋转沙滩球"或"末日弹珠"。旧黑莓手机偶尔会显示一张圆角时钟的图像，表针肆意转动。黑莓时间，苹果时间，幸运时间，煮蛋时间。我家的笔记本电脑比办公电脑新得多，它运行的是更先进的操作系统：沙漏不复存在。在需要等待的时候，陪伴我的是它的替代品、它的继任者：一枚发光的圆环，一条小小的绿色衔尾蛇，永远追逐着自己的尾巴。相同的烦躁感挥之不去，因在暂停状态中，无法感受一丝进展的可能，却被抽离出来，面对一只更深奥难懂的计时器。这泛光的圆环更加冰冷，更加不近人情，内含的文化意蕴与海盗或时光老人渐行渐远，与《2001太空漫游》

里的HAL9000[①]或《霹雳游侠》里汽车基特[②]的前灯条越来越近。既然已使用过虚空派的图腾，未来的操作系统或许会采用其他徒劳的象征，比如骷髅头或者枯萎的花朵。也许一位小小的像素西西福斯[③]不得不攀上我的滚动条。就现在而言，沙漏的魔力已经不复存在，而我怀念它。自然，时光仍无法停止飞逝，但至少我们曾目睹它华丽消失。

沙漏这个词丧失了意义，只代表暴烈的怒火。

电话铃又任性地响了一声。我叹了口气，摘下听筒，望着办公桌对面墙上的一块污渍扯出一个笑容。

"您好，这里是斯万斯比出版社，"我说，"有什么能为您效劳？"

"下地狱吧，马洛里。"电话线那一端扭曲的合成音说。

"对，"我冲着污渍竖起大拇指，"对，您没打错。有什么能为您效劳？"

[①] HAL9000，是一台发红光、圆环形状的超级电脑，在小说和影片中是人类最高科技的结晶。
[②] KITT，剧中一辆拥有语言功能的人工智能汽车。
[③] 希腊神话中的人物，被神惩罚，日复一日需将巨石推上山顶。

呼吸声。一呼，一吸，电子音沿着电话线传来。

"今天你打了两次。"我不知道自己为什么说这个。

"楼里有炸弹。"那声音说。电话挂断了，电脑屏幕上的沙漏转过最后一圈。

D 代表 dissembling〈形〉伪装

    温斯沃思有一种称不上古怪的愿望：把注定要到来的工作日起点尽量向后推延。总有一班怀着相同心思的词典编纂者耽搁在斯万斯比宅门口，一边数自己抽了几根烟，拨弄手套系带，一边漫谈天气，或不远处圣詹姆斯公园草坪的状态。这不断涨落的人群常常发起一种礼仪游戏，每名成员都不遗余力地延长不受办公室拘束的时间。规则是不成文的，显然也没人明言，这项运动的意义是消磨工作时间。游戏内容包括帮别人拨开垂在额前的帽檐，高声赞颂斯万斯比宅的五花肉式砖墙。在吹捧的话里糅合越多建筑学术语，得分就越高。等到大家语言穷尽，或无法忍受沉默的尴尬时，游戏才会结束。工作日从这时开始。

温斯沃思这天的工作日开始得比平时更晚，门口台阶上闲聊的人群已经散了。他把下巴从外套翻领上抬起来，望向斯万斯比宅，顶着混沌的头痛，清点着术语。"五花肉式砖墙"在专家眼里恐怕是不伦不类的，开局不利。这种建筑样式，是叫安妮女王式①吗？这是他在某个绕着圈子消磨时间的懒散清晨听到的形容吗？抑或是听错了，"安努昂式②"才是斯万斯比宅造型、设计或材料的样式？那天他只是附和地点头，接受了这个词，觉得顺理成章。语言让人接受或信任，并不觉得有必要检验一番。在他所知的建筑学术语中，"安努昂式"看起来还不算荒诞。出于编写《新百科全书词典》S 部的需要，他已经调研了 scutcheon（锁孔盖板）、squinch（对角斜拱）和 systyle（双径柱距），这些词在口中滚动时，他品尝出了陌生的质地和晃荡。所有的词乍看都是荒诞的，直到有一天它派上用场，或者被人

---

① 英国维多利亚时期建筑风格的代表，房子一般用不涂灰泥的红砖建筑。
② 原文为"queenan"，与上文"安妮女王式"（Queen Anne）一词发音相近，此处带有调侃意味的近似音译。

领悟。温斯沃思的视线循安努昂式台阶和熏肉式砖墙向上,抵达二楼的窗户、三楼的外角、更高层的凸肚窗,接着是三角墙、烟囱、一月份那空旷乏味的天空、锻铁风向标上一只椋鸟或鸽子留下的污点,等等,等等,等等。

是时候加入那场无意义的语言审核了。温斯沃思没法再拖延下去。他拉直领带,挺起胸,迎向那扇宏伟的木门。

固有的行为在无意识间完成。有些是纯粹自主的,人人如此,比如在热水壶的蒸汽旁不自觉抽回手,额头出汗使身体降温;还有些并非自发,而是培养的。起初自主的行为,随着习惯的养成,逐渐仪式化,最终于日常行为中根深蒂固。譬如,当温斯沃思迈过斯万斯比宅的石阶门槛时,如果他那假冒的咬舌没有像吊闸一样落于口中,他简直难以想象。这动作甚至无须刻意记起。

温斯沃思为《斯万斯比百科词典》工作的日子足以使他习得某些肌肉记忆。进门,转向衣帽架,上楼走向二楼中央书写厅里自己的书桌,用精准的力道抬手握住楼梯扶手,再松开,这样借力最有效率。踩在楼梯上的脚不仅来自他自己,砰、砰、砰、脚步间夹杂着柔软爪垫踏在石阶上的声音。杰罗夫·斯万斯比教授容许猫在这家出版社里游荡，以免纸质文件遭老鼠的侵袭，此时有一只猫陪温斯沃思走上楼梯。这名捕鼠者是只橘色大猫，温斯沃思俯下身，在它耳后挠了挠。猫咕哝一声，转开脸。或许它也在犯头痛。猫的头痛想必更为柔滑。

从洛克福特－史密斯医生的诊室去斯万斯比宅的路上，温斯沃思再一次烦躁地思索着，为什么他所感受到的头痛，没有一个专门的词来形容。冷箭似的刺痛伴着迟滞、紧绷的内疚；沉溺于杯中物的时光化作实质的报复。记忆断了片，仿佛被痛觉挤占了位置。酒喝得太多，就要犯这一种头痛——这种痛苦显然值得在这世上有一个名字。不曾有的话，能否因他得名呢？一阵严重的温斯沃思袭来。很抱歉我今天要请假，您简直想不出我犯温斯沃思犯得多厉害。这将是他的遗赠，他的名字以这样的方式留存于世。温斯沃思在脑子里记了一条便签——查查俗语或方言里是不是已经有这样的词。也许是多塞特[①]土话，一个朴拙而振奋的词，擦音[②]粗哑，元

---

① 英国西南部郡。
② 指口腔通路缩小，气流从中挤出而发的辅音。

音沉重而响亮。

温斯沃思和猫来到书写厅外的走廊,听见镶木地板上嘎吱呀的脚步声。建筑学上的"合宜",指的是一座建筑(及其组成部分和装饰)符合它的地位与使命。书写厅位于斯万斯比宅中心,是一座明亮宽敞的圆形房间,墙边环绕着书架,上方是高窗与粉刷得洁白的穹顶。这是一座拥有巴西利卡式①大殿音响效果的书卷斗牛场。即便在暗淡的一月,日光也从高处刺透,落在于斯万斯比宅内工作的人身上,光线凝滞了故纸翻动时升腾的细尘。房间里至少摆了五十张书桌,间距一致,面向正门。阳光反射在扁平的裁纸刀上,闪动朦胧的光。

书写厅里的声响大多与纸有关。文件滑过桌面的嗖嗖声,整理纸片时不甚连贯的沙沙声,从环绕这空旷房间的书架上抽出一本书的喀喀喀——噗声。词典编纂者怀有将这些事物分门别类的冲动。经历过洛克福特-史密斯医生诊室的橘色尖叫鸣鸟梦魇,更别说鸟笼街一类伦敦街道上刺耳的喧哗,这座大教堂般的空间让人感觉惬意而安宁。响动很轻:翻

---

① 古罗马一种公共建筑形式,外侧有柱廊,采用拱券做屋顶。

页声,猫从桌面跃下地板的扑通声;最明显的杂音,是词典编纂者轻手轻脚从书桌起身,走向穹顶下墙边一排排鸽子窝,去取索引卡片时,偶尔冒出的吸鼻子或喷嚏声。这些鸽子窝依字母次序排在贴有标签的高耸木架上,散落在房间各处。

鸽子窝——词典编纂者戏称其为"鸽房"或"泄殖腔",依据《斯万斯比新百科词典》进展顺利与否选择。温斯沃思的书桌坐落在 S 部的鸽子窝之间。

他溜进椅子里坐下,脑袋仍然叮当作响。再流畅的动作也像是要滑到椅子底下。正如咬舌在他步入宅子那一刻出现于他口中,只要在桌前坐下,他的双肩就会不自然地高耸。温斯沃思本能地伸手握住他的斯万斯比宅制式钢笔。姿势不对。他看向自己的双手,仿佛在回忆它们该怎么使用。

书写厅里的交谈声总是含混的。低语、嘟哝、呢喃,例外只有极为罕见的灵光乍现的惊呼,或铸成大错的叹息。这样的声音通常会招来怒视,但字典编纂者最轻率的疏失也是凡人难以避免的,温斯沃思自然也有过这样的情绪迸发。拼错的单词、蹩脚的语法会扯得他眼角一跳,产生生理反应。轻快的"啧"声往往可以释放一部分压力。每一位读者或许都有过这样的体验：精心编织的句子从头脑中流过，像手中捋过的绳子，但那句话倘若有错误或歧义，有古怪的句式或让人反胃的选词和语法，就会显得凝滞而粗糙。试比较下面两束语句的纹理：

> 棕色皮毛的狐狸从懒洋洋的狗身上轻快地跳过。
> 狐狸轻快地棕色毛跳过，狗懒洋洋身上。

读第二句时发出轻微的"啧"声，显然是可以体谅的。

温斯沃思的邻桌不作"啧"声。比勒费尔德碰见书页里的错误和混乱，喉咙里会挤出一声吸气似的嘶鸣。温斯沃思时常让这恼人的动静吓一跳。比勒费尔德瞪大眼睛，双手贴上刮得妥帖的两边脸颊，空气里振动起纤细而高亢的鸣音。不错，是动物发出的声音，却与指甲划过玻璃酒杯的声音相去不远。这声音引得猫和词典编纂者侧目。然后一切如常，比勒费尔德的脸色重归平静，划掉错词，或者回到前文，接着读下去，仿佛无事发生。

斯万斯比出版社的宁静常常被类似的声音撕裂。温斯沃思以外的人似乎对此并不在意。

高声打响鼻的邻居比勒费尔德已经坐下,在温斯沃思左边的桌前奋笔书写着,他的身材像卡拉夫瓶①。温斯沃思右手边坐的是阿普尔顿,像个咖啡壶。三人互相发出一些表示问候的杂音。

温斯沃思的桌面上,前一天的蓝色索引卡片和皱巴巴的稿纸散落着,自顾自地进入工作状态,尽管他本人还没有准备好。如果昨天能记得收拾一下桌面就好了。桌面整洁,头脑也会清晰。这样的状态该有一个专门的词来形容:整洁的环境促成平静理性的劳作。编造这样的词恐怕是不务正业,但——假如尝试一下——些许古典拉丁文,大理石雕像般沉稳克制的元音和顿挫。好,或许可以参考 quiescent, quiescens,"安歇,宁静",quiescere 的现在分词。温斯沃思一边整理桌面,一边思索新词的成分,像构思一道新菜。看来可以借用 quiescens 相关的词,但要加上"能伸开胳膊的宽裕空间"或"怡然自在"的稳定感觉,譬如用古法语的 eise 或

---

① 一种玻璃器皿,下端庞大。

aise，它与普罗旺斯方言 ais 和意大利语 agio 同源，意为"从繁重的职责里解脱"，再调入些什么？——fresh 是从阿尔卑斯的山峰倾泻的沉静支流，它的上游是 fersh——"没有盐分；纯净；甘美；热切"，可以上溯至古英语 fersc，"与水有关"，转自原始日耳曼语[①]friskaz。新词有了清爽的词源，像一座蓬勃的涌泉。于是：他的办公桌现在是清憩（freasquiscent）的，宜于工作？

一只手拍在温斯沃思肩上。他从椅子上一下弹起来。

"看来昨晚的聚会很尽兴啊！"

温斯沃思的视线从那只手移到正看着他的脸上。在斯万斯比宅工作期间，他尽力克制着，不给同事分门别类。即便是私下归类（比勒费尔德：卡拉夫瓶；阿普尔顿，咖啡壶）似乎也有些过分，甚至有剥离对方人性的嫌疑，可许多人物实在与固有的类型过于吻合。温斯沃思无意套用刻板的归纳与成见，但已辨认出低头向他轻快地眨眼的是个盎格鲁－撒克逊学者。斯万斯比宅词典编纂者马厩里的盎格

[①] 也称共同日耳曼语，指一个假定存在的、所有日耳曼语族语言的共同祖先。

鲁-撒克逊品种似乎一半都由云彩组成。头顶一团白云，下巴一团白云，目光蒙眬，当他们凑近讲话时，呼出的空气也不知怎的更沉滞、温热。他们的确一向凑得过近，仿佛一股无形的侧风推挤着后背；移动时占的地方仿佛也更大，总是走在过道或办公桌空隙的正中间，不会靠边。他们温和地占据空间，并不咄咄逼人。盎格鲁-撒克逊学者云游，而非阔步或蜂拥。

他们发音轻柔，元音分明而欢快。这一位也不例外。

"昨晚，"温斯沃思重复道，"聚会？对，聚会，很尽兴。"

那朵云点点头，笑了笑，飘走了。

温斯沃思在穹顶大厅里的对话内容与篇幅有固定的模式。例如，《斯万斯比新百科词典》背后，那位胡子蓬松的天才杰罗夫·斯万斯比教授，每一次在午餐前路过温斯沃思的办公桌时总是说一句："早安，温斯沃思！"语调和语序从来不会变动。有个叫埃德蒙的小伙子负责分发信件和资料。每当他经过温斯沃思桌前，都会喊道："这堆是您的！"柳条编成的手推车随着车轮呼吸，奏出甜腻的声响，随即是回应："看看这次都有什么！"每一次都是相同的抑扬起伏，音高、音色和音量分毫不差。

非常偶尔，会有位同事走到温斯沃思桌边说起天气、板球比赛或政治上的细枝末节，但没有询问的意思。大家和他说话，向来不是为了获知确切的答案。

温斯沃思不知道他们把他归为哪一类。或许是一件陈设。"合宜"建筑里的咬舌部分。

柳条车小弟埃德蒙来了，接下来——

"这堆是您的！"他叫道，把文件和来信掼在温斯沃思桌上，又被自己发出的动静惊得一跳。

"啊！看看——"词语自动在他的唇上弹跳。他目送那团远去的云。"看看这次——"声音还沾着昨夜的威士忌，明显颤抖着。

那孩子已经走到下一桌，从筐里取出阿普尔顿的资料。

"这堆是您的！"他对阿普尔顿说。

"非常感谢。"温斯沃思对着空气默念。

"非常感谢！"词典编纂者接过文件说。

每日的流程很简单。人们寄来各式词语和能将它们定义的资料,温斯沃思逐一筛选,评估,注解。预备为某个词写下最终定义时,就从面前那叠粉蓝色索引卡片里抽出一张,用那支斯万斯比宅制式钢笔书写。下班时,埃德蒙来收集这些卡片,插进书写厅边沿代表不同字母的鸽子窝里。这些词接下来就会排进《词典》的校样。

阿普尔顿对上了他的目光。"温斯沃思,昨晚回家的路上没事吧?你脸色不大好。"

"没事。没事,你看?"温斯沃思说。阿普尔顿彻底忽略了他的回答,意料之中。

"不得不说,早上起来我的脑袋像口钟似的轰鸣。谁能想到,卖大黄果酱的弗雷欣家族,也会有这样高级的白兰地?"

"可不是嘛。"温斯沃思附和道。又试了一次,希望能有点回应:"对吧?"

"不管怎么说,"阿普尔顿把裁纸刀伸进桌面上散落的信封,"真不错,终于见到了这一对幸福的爱侣。"

温斯沃思眨眨眼睛。前一晚的片段记忆浮现出来。

比勒费尔德插进话来:"弗雷欣寄回来的信里,有一次提到过她,是不是?"

阿普尔顿偏头看了看弗雷欣的空桌子，整个书写厅里，只有那张桌上没有纸和资料卡。桌子边缘钉着旅途中寄回的照片和便签，像一圈装饰的羽毛。

"没有，"温斯沃思说，"一次也没提过。"

"特伦斯回国了，这也是好事。总算又能看见他在干什么了。"阿普尔顿说。

"可怕。"温斯沃思说。

"时间真长，太长了。他，还有他那个不出声的尾巴格洛索普，不知在什么鬼地方搞什么鬼东西。"

"茄子。"温斯沃思建言。

阿普尔顿的面孔没有一丝颤动。"可惜昨天太乱了，没机会和他好好说句话。下次他再敢光顾这扇门，我一定拽住他的袖子，不让他跑了。你看见他弹巴拉莱卡琴[①]了吗？了不起的玩意儿！这个人很有意思，可是啊！"阿普尔顿舒展肩膀，扭动了一下，"说起手上的任务！"他又对上了温斯沃思的视线，后者茫然地微笑。"你刚才是不是说了句话？"

"没有？"

"那就好。"阿普尔顿说。他皱皱眉表示礼节。

[①] 一种俄罗斯民间弦乐器，琴腹呈三角形。

喀喀喀——噗。邻近的书架传来书抽出的声音。

"是位佳人。你说呢？"比勒费尔德的声音从温斯沃思另一侧传来。

"什么？"阿普尔顿向前探身，越过温斯沃思往那边看。温斯沃思不由得注意到，阿普尔顿身前的白镴杯里，有几支铅笔快要刺进了他的眼睛。

"他的未婚妻，怎么称呼来着，"比勒费尔德催问，"你和她说上话了吗？"

"没有。"阿普尔顿说道。

"没有。"比勒费尔德叹道。

"我有。"温斯沃思说，但没人在意。他始终凝视着铅笔与阿普尔顿眼球的间距。其中一支尤其只有几毫米远。

"我也没有那份荣幸和她讲话。我看，是她高傲得很。"罕有的女声从后面的桌子传来——是在这里工作的科廷厄姆双胞胎姐妹之一。温斯沃思知道两人其中一位精研挪威语言学，另一位是凯尔特语戈伊德尔语支的权威。两人的相貌一模一样，只是发色一人乌黑、一人雪白。并非天生，而是其中一人尝试了各种染发剂和发油、营造出的些许独立个性。深发色的科廷厄姆小姐曾有一次主动详细透露，在夜间用朗姆酒和蓖麻油的混合物揉搓发根,可以促进头发生长,并增加健康的光泽。或许是拜这一养生方法所赐,她的衣领总是沾有铁锈般的污迹。

温斯沃思有个猜想:要么是斯万斯比宅的所有工作人员都不知道这对双胞胎各自的名字,要么是大家都不在意。他在斯万斯比宅工作的五年来,从未有人向他单独介绍双胞胎的其中一位,而他则无法鼓起询问的信心。必须交谈时,他暗自称呼她们为"作料姐妹",一位是黑胡椒,另一位是盐。

在书写厅盥洗室的瓷砖上,有人刻了一首恶心的五步打油诗,写的是她们,用奥西恩式[①]风格,押的韵格外巧妙。

听见科廷厄姆的声音,比勒费尔德和阿普尔顿在椅子上转过身,伸长了脖子。这个姿势只差半英寸就要挖出阿普尔顿的眼睛。温斯沃思的思绪飘散了一会儿。他想象那只弹出来的眼球向在办公桌间曲折前行的埃德蒙飞去,径直落入他的柳条筐。

"也许她根本不会讲英语?"比勒费尔德追问,白发科廷厄姆走到他们的桌旁,耸耸肩。

---

① 原文为"Ossianic",指夸张的、言过其实的。

"这谁知道?"

"弗雷欣讲话的时候,谁能插得进嘴呢?"阿普尔顿说。除了温斯沃思,大家都不加掩饰地低笑起来。

"哈,哈,哈。"温斯沃思故意落后半拍,等他人的窃笑声结束后,才极缓慢地开口。又一朵盎格鲁-撒克逊云彩拂过他们的桌旁,比勒费尔德假装忙于在他清憩的桌面上整理便签。堆成一叠,打乱,再整理成一排,对"工作"的近似性模仿。

"我可听说她是沙皇的亲戚。"那位科廷厄姆小姐继续道。

温斯沃思转过身,听比勒费尔德和阿普尔顿齐声道:"不会吧!""不会吧?""不是亲女儿或者侄女一类,""作料"道,"但也在族谱的某个地方。"

"你在瞎扯。"阿普尔顿说。

"只要族谱够广,我大概也是沙皇的亲戚。"比勒费尔德讥笑道。

"抑或是乌有乡主人的亲戚。"科廷厄姆小姐赞同道。他们又笑起来。

"不过,你看,这种事并不让人感觉意外。"比勒费尔德说,"弗雷欣能够闯进各种交际圈。试想,我们认识一位女沙皇!"

"我记得弗雷欣说,她家在伊尔库茨克[①]?"阿普尔顿一向爱传小道消息。

"没错,我刚才就在完善伊尔库茨克词条。"比勒费尔德说,"假如将来有机会和她聊一聊,或许就能派得上用场。"温斯沃思等待着即将开场的冷知识攀比大会,这是斯万斯比的学究们不可能忍得住的。"你们知道,那里的纹章是一只海狸似的动物叼着貂皮或狐皮吗?那是'babr'这个词的讹传,在当地方言里它的原意是西伯利亚虎!但是'babr'演变成了'bobr',也就是海狸。真不可思议。"

温斯沃思憋回一声哈欠,回忆他今晨的见闻和"坏脾气先生"的老虎形象,比勒费尔德和阿普尔顿转回身来,面对各自的桌面,含着满意的沉默扬起眉头。温斯沃思拈起面前最顶上的信封,抖了抖,让信纸落下来。他的目光迅速掠过纸面。上面的文字是用微微洇开的褐色墨水写的,加了许多下划线。

……依约,附上诸多以 S 开头单词之证据……

[①] 俄罗斯伊尔库茨克州首府,位于贝加尔湖南端,是西伯利亚最大的工业城市。

有一殊为引人入胜的例证,来自……教长大人惠赠食谱,尽管 sultanas① 为何要这样与风干两天的果皮相搭配仍然全无……

"你知道吗?弗雷欣的父亲和柯勒律治②是朋友。"另一位科廷厄姆小姐在他们身后压低嗓门说。温斯沃思、比勒费尔德和阿普尔顿又一次被流言执拗的力气拉拽得原地旋转。

"你又在瞎扯。"阿普尔顿说。

"哎,确有其事!"

温斯沃思直视着阿普尔顿说:"你的模样就像一只咖啡壶。我这么想已经很久了。"和以往一样,完全没人留意。

"还是华兹华斯③?""胡椒"科廷厄姆小姐说,"必是其一。不,就是柯勒律治。"

"我正在写一篇关于他的——放哪儿去了?"比勒费尔德急切地翻动桌面,为书写厅新添了一段嘈

---

① 无核小葡萄干。
② Samuel Taylor Coleridge(1772—1834),英国诗人、文学评论家,英国浪漫主义文学的奠基人之一。
③ William Wordsworth(1770—1850),英国浪漫主义诗人,文艺复兴运动以来最重要的英语诗人之一。

杂声。"对！这个！柯勒律治早期的创造——"比勒费尔德举起一张蓝色索引卡片，脸上显出得意的潮红，"soulmate，名词！"喊声在书写厅里激起一阵嘘声的涟漪。他们的小团体随之压低声音。"'人要拥有一位灵魂伴侣，像有室友或工作搭档一般。'"他念道，"请看！是在柯勒律治的一封信里首次出现的。"温斯沃思看见，比勒费尔德露出狩猎大师一般的笑意。

"我也在他的一篇文章里捕获了supersensuous（超越感觉的）的早期使用例证，就在昨天。"科廷厄姆中的"盐"说，话音里有争强好胜的锋芒。

"真不错。"阿普尔顿停了一会儿，像炫耀一张王牌似的隔着桌面补充道，"当然，几个月以前，我正是在柯勒律治的文字里网住了——我想一想——啊，对，astrognosy（恒星学）和mysticism（神秘主义）。我也很欣喜，在夏天找到了他运用romanticise（浪漫化）的例子，这也让我很是欣喜。"

"别忘了narcissism（顾影自怜），"温斯沃思说，"名词。"

三张面孔都转向他。

"不好意思，温斯沃思，"科廷厄姆小姐说，"你刚才说什么了吗？"

"因为——"阿普尔顿看看他装铅笔的白镴杯，看看天花板，向科廷厄姆小姐和比勒费尔德投去寻求战友的目光，终于把视线转回温斯沃思，"好吧，就是，你那个咬舌的老毛病，啊！有时候很难——"

"如我常说的，"比勒费尔德开口道，"假如我们相信柯勒律治的箴言——诗人是尘世未被承认的立法者，那么字典编纂者更是如此，虽然常常被人所忽略。"

"这句话真不错！"阿普尔顿说，科廷厄姆小姐突兀地鼓了一下掌。

"那是——那是雪莱说的，我记得——"温斯沃思说道，但就在这时，书写厅的许多猫之一跳上了他的桌面。

"呀！"阿普尔顿叫道。

"我们何德何能享受如此快乐！"比勒费尔德说。

"待好，不要动！"科廷厄姆小姐说。

猫凝视着温斯沃思，直望进他心底。温斯沃思伸出一只手。猫没有转开视线，后退几步，停下来，缓慢而平静地咳出几个微微湿黏的小毛团，落在他桌面的纸上和他腿上。

阿普尔顿和比勒费尔德迅速后撤，椅子在地上划出刺耳的吱嘎声。新一轮"嘘"声填满了书写厅的空气。

E 代表 esquivalience[①]〈名〉故意逃避责任的举动

我的职业培训里没有"应对炸弹威胁"这个项目。我的职业培训根本是一片空白。于是我呆呆地盯着电话,足有一分钟。我拿起手机给皮普发短信,她在咖啡馆当班。抱歉,也许一切到此为止了。我爱你,再见,吻。我没存盘就关上电脑,望向窗外微风里轻摇起伏的常春藤叶,一拳捣进桌边鲜红的火灾报警按钮,"**启动时打碎玻璃**"动作里凝聚了自工作首天就幻想这一刻的员工的全副热忱。

于是我发现楼里的火灾报警器是个摆设,准

[①]《新牛津美式英语词典》故意放入的虚构词。

是某次缩减开支的后果。我有点茫然，然后想起文件柜里有一张《健康与安全指南》，塑封底下的湿气洇出斑驳的污迹。简笔画小人在三角形里跌落，"嘭！"的爆炸图案在屈起的膝盖旁边炸开。我走到文具柜前，取出那张指南，握在胸前。我到大卫的办公室门口，敲门。他弓着背坐在电脑后面，用两只食指敲击键盘。

"那人又打电话了？"他没有抬起头。

我解释了这一次的境况，尤其热情地重现了一遍打碎报警器的动作。大卫翻了个白眼。

"我想，到了这一步，我们应该——"我在《健康与安全指南》的海报上寻找恰当的用词，"疏散现场？"

"意思就是，疏散我们两个。"大卫说罢，露出满意的表情。我笑了笑，这时候似乎应该这么做。

"要不要把猫一起带上，你觉得呢？"他低头看桌子底下，在脚边扫视了一圈，继续说道，"算了，算了，要紧的不是这个，跟着我——"我们疾速滑行过一百二十年的奔忙打磨的石阶，跑下楼梯，穿过大厅，从杰罗夫·斯万斯比教授的画像底下经过，出门来到街上。

"你报警了吗？"大卫下楼时问。我点点头，手藏在身后，在手机上按下号码。

警察来得很快，似乎是要严肃对待炸弹威胁。斯万斯比宅距离白金汉宫太近，他们一个个全副武装，准备闯入冲入突入现场。有一位在迷彩服外面套了一件反光背心，也许这就是混搭的风格。携带各色特殊装备的特勤人员从不同门口迅速冲入，可能是为了进行彻底排查。这个词是我从犯罪类电视剧里听来的。我们在一旁看着，有点不知所措。我的意思是，我不知所措。大卫似乎更在意，不要让警察刮花了门上的油漆。

"幸好今天没有人预约宅子。"我们看着警察鱼贯而入，大卫有点心不在焉地说，"偌大的房子只有我们两个。想想看，假如正在办婚礼呢。"

警方让我们原地等待。我尽可能描述那个失真的声音，以及来电的频率。一位警官记下了所有细节，问我还好吗，一并记下了我的回答。她问我叫什么名字，是哪一种拼法："和那位登山家[①]同名？"

[①] 指 George Mallory（1886—1924），英国著名登山探险家，在尝试攀登珠穆朗玛峰途中遇难。

大卫专心地听我回答，我不知道他是否解读过我名字的由来与意义。他像是那种会留意别人名字的人。假如我有个祖先叫杰罗夫，我也会是这种人。有人问我，我的名字是不是来自电视剧《亲情纽带》①里那个不肯亲吻迈克尔·J.福克斯的爱慕虚荣的角色。还有人问我，我的名字是不是来自《天生杀人狂》②里那个吻到了伍迪·哈勒尔森的精神病妻子。人们的思绪沿着错误的拼法，飞向伊妮德·布莱顿③的塔楼和惹人厌的交际花，或更早面世的亚瑟王传奇的作者④。失踪于山峰的英俊男中尉⑤倒是前所未闻。这些人怎样看待我的父母，我不知道。

有些书里说"马洛里"来自古法语，意思是"倒霉的人"。

果真如此的话：我该怎样看待自己的父母，我不知道。

---

① 1982年至1989年播出的美国情景喜剧。
② 1994年上映的美国电影。
③ Enid Blyton(1897—1968)，英国儿童文学作家，曾以"Malory Towers"(《马洛里之塔》)为名创作故事。
④ Thomas Malory (1415—1471)，英国作家，著有史诗传奇《亚瑟王之死》。
⑤ 即前文的登山探险家。

大卫和警官交谈，频频挥舞手臂，似乎想给谈话和解决事件加速。"只是一个傻瓜而已，"他张开惊人的臂展，"十足的蠢货。怪胎。智障。"

"不该这么说。"警官说。

"的确，用词不当。疯狗？"

另一位警官对我们说，他的同事可能要在里面调查一会儿。他去圣詹姆斯公园的冷饮摊给我们买回了不合时宜的冰激凌。大卫的是雪花甜筒，他自己的是可丽波棒冰，给我的是巧克力脆皮奶油雪糕。他挑选时怎样定义我们这个组合，我尽量不去想。冰激凌分好了，我们三个靠在广告牌上，闪烁的蓝色警灯不时在大卫的冰激凌上擦出几抹亮蓝。我们抱臂站着，仰头看斯万斯比宅。有游客拍起照来。

街对面传来一个声音。

"马洛里？"

这么说吧：人会设定一种工作模式。既然工作这事不特别费神，有些人——大部分人，会选择关掉一部分个性——所有个性，只要混过这一天就行。但这一天不同往常，比方说，你遭遇了生命危险，再比方说，就在街对面，这世上你最爱的人忽然出现。突兀程度不亚于掀开下水道井盖钻出来，从维加斯平台冒出来，从帽子里拽出来，从高处金光缭绕地降落下来，等等。她的声音比你自己的名字更亲切，你希望那是清晨醒来时最初的呼唤，夜晚入梦前最后的呢喃，你想长久地与她在一起，听她说遍每一个词的每一种变化。每一次见面，你都会再度坠入爱河，爱上对方凭存在就让你恋爱的念头。是她定义你的一天会有多么美好。她就是美好于你的定义。

爱情就是这样，让人冒出许多美妙的胡话，不是吗？闲篇，傻话，甜言蜜语，叽叽歪歪，天花乱坠，妄语，浑话，梦呓，等等等等。瞬息间，万事万物。其他的感觉，比如恐惧，更加明确；但爱以独有的方式正中靶心。

"马洛里！"皮普大喊。她冲过街道，但还没跑到我面前就被警察拦住了。"你没事吧？没事吧？"

"我没事。"我说，"你怎么来了？"

"短信，你个大——"她咽回了后边的话，"对——对不起，我过了这么久才——"

大卫啃着冰激凌，礼貌地观察我们。那位叼冰棒的警察单手按住皮普的肩,不让她靠近。太可怕了,但也许这样更好。我的糨糊脑袋正试图编造我和皮普如此熟稔的理由。她是我朋友。我表妹。是个路人碰巧猜中了我的名字,多神奇的巧合——

"不好意思,"警官说。皮普向后退了一步,站定。"您认识这位年轻女士吗?"

皮普看看我,又看看大卫·斯万斯比。

"我是她室友。"她说。

我点点头。

那天早晨去上班前,皮普心血来潮,指着我身上的部位,一一列出它们的名字。"半月痕。"她对我的指尖。下移,"虎口。"她在床上翻过身,从上方看着我,贴近我两眼之间,"印堂。"停顿了一下。"那个什么。"

"人中。"我说。

"没错,是叫这个。"

"清点完毕。"

"全体到齐。"她说。我们继续。

不必事事都向所有人说清。我是这样想的。皮普不同意,或者说,她有另一种表达方式。我没有在工作场合出柜。她没有说我懦弱。但我恐怕这样想。

我还记得上学时，好词典的标准就是收录特定人体部位，和粗俗字眼。通常全书里，四个字母的词。只有那几页翻得皱巴巴。假如用这个标准试一试《斯万斯比词典》初稿，我会学到"dick"是工作围裙的别称，"jizz"也许是"用以辨识鸟或植物物种所有特征的统称"。教育的完全浪费。最刺激的当然是发掘邪恶的词——在"*cunopic*"和"*cup*"之间、在"*penintime*"和"*penitence*"之间仔细搜寻，找到那些词，它们栖息在某一栏里，你在长大过程中明白了它们是下流的，让人羞耻，只能悄悄地谈论。词典编纂者在你心里堕落了，你想象他们故作正经打出这些词的模样，想象他们悄悄把这些词混入书页间，在课堂上撩拨得你心痒，私下翻查时心怦怦直跳。

在学校里使用词典，有点像淘洗让人反胃的、还未成熟的金沙。我们这帮学生毫不迟疑地投入其中。只有等到其他人都回家，我才敢去考勤教室查别的单词，自我催眠说是由好奇心驱使着。我没有意识到词典也可以成为一幅地图、一面镜子。

butch〈及物动〉屠宰（动物），宰杀以出售。

又：切，砍。

dyke〈名〉与凹坑或空洞相关的感受。

gay〈及物动〉感到欢快、喜悦或释然。〈废〉

lesbian rule〈名〉一种有弹性的尺子，通常为铅质，能够弯曲以贴合待测量的对象。

〈喻〉某物（如法律条款）为切合形势而调整。

queer〈形〉奇特，古怪，特立独行，格格不入。

又：气质可疑；难以让人信任；不可靠。（硬币或纸币）伪造的。

queer〈及物动〉提问，询问；质疑。使某物损坏；搞破坏。

又：败坏（某人的）声誉，破坏（某人的）良机；使某人遭到另一人厌恶。①

早在上学时我就纳闷过柜子的问题。柜子里的

---

① 以上五个词分别有其他含义。"Butch"指有男性气质的女同性恋者；"dyke"指女同性恋者（常作蔑称）；"gay"指男同性恋者；"lesbian rule"中的"lesbian"指女同性恋者；"queer"指酷儿（非异性恋者和非顺性别者）。

人和柜子里的骷髅是否有微妙的区别？我指望在词典里找到答案，却一无所获。我翻动书页，因羞愧浑身发热。

皮普在她工作的咖啡馆出柜了。这是理所当然的。她对家人出柜，对同事出柜，彻彻底底般彻底。我疑心她从子宫一出生，领子上就别着小小的徽章："紫色威胁[①]""10%还不够！招人！招人！招人！[②]"

"如果你告诉大卫·斯万斯比，他连眼睛都不会眨一下。"有一次，她对我说。是她提起了这个话题。"假如他敢眨眼，你就和他说，从哪儿来的滚回哪儿去。"

当然，她说得对。但是当然，也错了。

"从哪儿来的滚回哪儿去。"我重复道。

"你也可以对他说，"她说，"你的大块头坏男人会过来解决他。"她在卧室里咆哮着跳来跳去。

[①] 1969年，美国妇女组织（NOW）领袖贝蒂·弗里丹提出"紫色威胁"概念，认为女同性恋公开取向会破坏女性主义运动的成果。为消解这一概念，"紫色威胁"组织于1970年成立，旨在反抗将女同性恋排除在女性主义运动之外的行为。
[②] 对"同性恋者通过宣传招募使得异性恋者皈依"的反讽口号。有数据称10%的人口为同性恋者。

"你有我们两人份的勇气。"我原本是想开个玩笑,可说出口却显得浮夸,或许是消沉。皮普没有接话。

不是我不愿意出柜。我默默地想,我佩服出柜的人,羡慕那样勇敢的、了不起的人。但我就是没办法像那样说话。我的恐惧是最乏味、最暗淡、最微不足道、最密不透风的一种。我看过一部关于屠宰场的纪录片,有段对谈镜头,讲的是家畜被屠宰前的生理反应。据他们说,假如动物感到沮丧,它们分泌的乳酸和肾上腺素会改变肉的口味。屏幕上打出字幕:恐惧影响肉质和口感。我再也没看过讲屠宰场的纪录片。

洗盘子的时候,我随口和皮普讲了工作时接到电话的事。我没想到她哭了出来,将我拥在怀里。

斯万斯比宅外,在警察的包围中,一只鸽子耐心地绕着我上司的脚,啄食冰激凌蛋筒的碎屑。

"啊!"大卫说,"马洛里的室友。我记得她提起过你。"

"是吗?"皮普说。

"幸会,幸会。"大卫和她握手,这种亲近立即让我反感起来，恨不得立即把他们分开。这两人是文氏图①里不该交叉甚至不该相切的两个圆。伦敦大得很，足够保障这样的情形永远不要出现。

"有点骚动，"大卫迎着皮普忧虑的神色，讪讪说道，"不要紧。"

"这两个词能放在一起说吗？骚动，不要紧？"皮普转过身问我，"你那条短信——"

"不要紧。"我说。

"阵仗够大的。"她指了指周围的警车和警察。

"有人恶作剧，虚惊一场。警察来只是保险起见。火灾报警器坏了，所以我只能——"

"但你办公室里可能会着火！"皮普从头到脚地打量着大卫。鉴于大卫的身高，这番动作花了一点儿时间。"过分犯罪了！"

"非此即彼的事物不能论程度。"大卫根本忍不住，"要么犯罪，要么没犯罪。"

Mansplain〈动〉②恐怕永远不会收入《斯万斯比百科词典》。

---

① 用以表示集合（或类）的一种草图，用于展示在不同的事物群组之间的数学或逻辑联系。
② 指男人以傲慢的语气解释与说教。网络词语。

"我看你倒很过分。"皮普凝聚起只有她才有的气势,站直,但大卫没有发现。他正低头看脚下——

有个显然不为这群警察所动的人漫不经心地走在人行道上,沿着往常的路线,径直走入我和大卫中间。我每天上下班都要路过威斯敏斯特[①],那地方有些人根本无法接受,有些路竟然是不让他们走的。这次的人还牵着一条小狗。它生怕炸弹宣言分散别人对它的注意力,于是用夸张而缓慢的动作,在我上司的脚边排便。

大卫说:"啊!"

皮普说:"呃!"

路人说:"真对不起,它以前从来没有这样过。"

冰激凌警官问同事:"这是不是违反当地法规?"

"只要捡起来就没事。"大卫说。

皮普掏遍口袋,没找到购物袋。

我把巧克力奶油雪糕囫囵塞进嘴里,弯腰用包装纸裹住今天相对较小的事故,握在手里。也许我来到世上就是为了这个。我永远不会成为一个勇敢而骄傲的人,但我能够掌握时机,做一点小小的

[①] 位于伦敦西部,泰晤士河沿岸,是英国行政中心所在地。

干预。

"骑士风度。"皮普说。我在众人的环视下直起腰。

冰激凌冻得我牙疼。

"处理好了吗?"大卫问警官。她问对讲机。

恶人永无宁日[①],狗脸上的神情说。它用力拽着牵引绳,满意于有效且无形的交流。

"见面很愉快。"皮普说。我不知道她指的是谁。她从我手里拿过巧克力雪糕包装纸走开了,一直没有回头。

[①] 原文为"No rest for the wicked",是一句英语固定表达,意为"恶人总有坏事要做"。

F 代表 fabrication〈名〉捏造

温斯沃思打开斯万斯比制式公文包，环顾四周，确认无人注意他的桌面。已有几年了，为了消磨时间，也为了自我消遣，他凭空编出不少新词和释义。灵感来时，他就借一张便笺纸来，随手录下游荡的思绪。有些源自书写厅里的同事——bielefoldian[①]〈名〉，惹人厌的家伙；titpalcat〈名〉，让人欣然分心的事物。还有些纯粹是模仿百科词条风格的创作。就这样，他造出了一群十四世纪君士坦丁堡的显贵，一个隐居于日本连绵火山之间的小型教派。但最常有的是这样的情形：用虚构的词条填补词语

---

① 词根来源于书中人名"比勒费尔德（Bielefeld）"。

的缝隙，发明一个新词，以描述某种尚无现行词语与之对应的感受或现实。从为不如人意的食物加以诗意修饰——susposset〈名〉（怀疑冰激凌中添加了滑石粉，以增加分量），到日常生活中的遐思——coofugual〈动〉（鸽子苏醒）；relectoblivious〈形〉（因注意力涣散或急于读完，无意间反复阅读一个词或一行字）；larch〈动〉（分拨一段做白日梦的时间）。

温斯沃思搓了搓手。这样的行为不含恶意，他告诉自己。微小的私人娱乐可以存在。他咬着失而复得的斯万斯比钢笔末端，思索近期的热门话题——缺席的弗雷欣。这支笔是便宜货，笔杆很薄，他偶尔担心会把它咬破。温斯沃思挑出一张空白索引卡，写道——

Frashopric[①]〈名〉笨人用金钱买来的工作场所或职位。

特伦斯·克洛维斯·弗雷欣是为数不多能让温斯沃思的咬舌有用武之地的人。他算得上是斯万斯

[①] 词根来源于书中人名"弗雷欣（Frasham）"。

比的宠儿,虽然身为词典编纂者,他的资质并不优异,也不十分勤勉。但他不仅因家族的果酱生意而超乎想象般富有,还拥有一种与之相配的实用天赋,能够聚集一群同样超乎想象般富有的朋友,把他们的自尊心照料妥帖。每当杰罗夫教授的金库即将见底,弗雷欣总能办起一场金光闪烁的豪华聚会,敦促友人和相识解囊相助,钱就这样变出来了。有这项为词典积聚资金的天赋,弗雷欣一旦在斯万斯比宅露面,就会受到如诸侯或恩主莅临般的恭迎。

温斯沃思见过几次筹资会的邀请函——舞会或帆船赛,依季节而定——但从未萌生过参加的兴趣。他毕竟没办法为那种场合增色,反而一定会让人寻得着装的错处,或者尴尬的失礼。特伦茨·克洛维茨·弗兹雷岑[①]。上个月甩在他桌上的邀请函写道,弗雷欣在二十七岁生日之际荣膺"一千五百英里学会"会员,诚邀彼得·温斯沃思同来庆祝。

有特伦斯·克洛维斯·弗雷欣在的场合,总有喝得酩酊大醉的理由。他英俊,受人欢迎,举手投

[①] 原文为"Terenth Clovith Fthrathm",是对该名中"S"字母咬舌化的讽刺读法,和温斯沃思的口音相对应。

足仿佛职业网球运动员。网球、击剑和长距离游泳，这些都是为他在大学时赢来蓝色荣誉①的运动项目。相较而言——假如真拿来对比的话——温斯沃思的举止就像在中游徘徊的国际象棋手。弗雷欣还有一种格外让人不快的特质：明晃晃的炫耀行为无损他的魅力。他和温斯沃思几乎同时受雇于《斯万斯比新百科词典》，年纪也相仿。

根据邀请函上的说辞，弗雷欣自西伯利亚归来，便有了加入"一千五百英里学会"的资格。那场短期考察由斯万斯比宅赞助，为词典的 S 部做些研究，追溯 shaman 与 struse 的词源，并（迟钝或深刻地）探究 tsar 的正确拼法。温斯沃思始终想不通，弗雷欣是如何说服杰罗夫·斯万斯比教授让他前往的；就大家所知，弗雷欣既不会说俄语，也没有翻译过一个俄语词。Spurious〈形〉，源自拉丁文 spurius，"违背法律的"，源自 spurius〈名〉，意为"私生子"，源自伊特鲁里亚文②spural，意为"公众"。弗雷欣寄回办公室的诸多来信之一写道，为追溯 starlet〈名〉的词源，须赞助俄国的众多贵族出席研讨。

---

① 英国大学的高等荣誉。
② 古代意大利西北部伊特鲁里亚地区的民族语言。

就两人大相径庭的人生而言，弗雷欣被派往亚洲广袤的大草原，而彼得·温斯沃思收获的赞助，则是前往切尔西接受洛克福特-史密斯医生的诊疗，这安排似乎还算合理。弗雷欣寄回的照片开始出现在斯万斯比宅。当伦敦在雾霾里度过夏秋，当街宰杀马匹为汽车让路，这座城市削皮剔骨、兴建地铁之时，编纂《词典》的男男女女，对弗雷欣寄回的照片欣羡而热切地低声赞叹。这一张是弗雷欣骑在骆驼背上，那一张是他身披丝绸，俯瞰贝加尔湖，与一位外交官一同饮茶。最富戏剧性的一张是弗雷欣佯装与海象搏斗，受到了斯万斯比宅众人近乎歇斯底里的欢迎，立即被固定在他空荡荡的办公桌上方，像一座神龛。

在照片一角，可以勉强认出斯万斯比宅为此行派出的另一名员工，格洛索普。与他高大魁梧的同伴相比，罗纳德·格洛索普其貌不扬。或许这只能证明弗雷欣的确格外英俊，但站在弗雷欣旁边（格洛索普的确总是待在弗雷欣身边，无论在威斯敏斯特的办公楼，还是在白令海①的海岸，他总是手握

---

① 太平洋最北的边缘海。

纸笔跟在弗雷欣左右),没人能想起他任何清晰的特征。温斯沃思甚至想不起他的声音,也记不起自己究竟听没听到过他说话。他对格洛索普仅有的印象是后者外衣唇袋里的青绿色手帕。人人都习惯了这抹鲜艳的颜色,像鬼火一般掠过书写厅中央宽敞的大堂。大家惯于把格洛索普看作弗雷欣的助手,尽管二人在斯万斯比宅的职位相当,而且格洛索普掌握的语言与文字学知识远胜弗雷欣。温斯沃思猜测,在这一年的西伯利亚考察期间,与词典相关的实际工作都出自格洛索普之手,搬运工作也是(营造戏剧效果除外,参见海象)。

在那张海象照片里,格洛索普差点站出框外。背景里他模糊而不起眼,挥着一柄短斧头,从浮冰上的另一头海象身上砍下一只鳍状肢。

随弗雷欣的照片一起寄来的还有信,充斥着比喻和惯常的拼写错误。至于他发起的词源调查进展如何,则总是语焉不详。

在斯万斯比宅的书桌之间,有一次,比勒费尔德看见温斯沃思格外忧郁地望着那张海象照片,路过时调侃道:"看,一边是野外探险的勇气,一边是在桌子上蹭脏的胳膊肘!"

温斯沃思回以微笑,手上的斯万斯比宅钢笔捏得太紧。他低下头,看见他为 solecism〈名〉做的笔记溅上了墨点。

G 代表 ghost〈动〉闹鬼

警察同意我们进楼,向我们保证那通电话只是恶作剧或骗局,于是大卫和我往二楼走去。大卫站在楼梯底下鼓捣电表箱,对我说放心,火灾报警器一定能修好。让他忙去吧。过了大约一小时,大卫给我打内线电话——吓得我一蹦四百英尺高——让我去他的办公室。

我知道不可能是因为他见到了皮普。这个念头太疯狂了。错,错,错。但念头仍在,就平展地压在我的喉咙底下。

我敲了敲门,走进屋,大卫有些慌忙地起身,仿佛吓了一跳。不走运的是,这番仓促动作激起了连锁反应,屋子里的情形从慌乱升级为混乱。许多人年过七十，后背便一年年地驼下去，大卫·斯万斯比却相反，像徐徐展开的风帆：我从来没见过长这么高的人。一只咖啡杯被迅疾伸展起立的身体碰倒，侧翻着从桌面滚过。屋里的猫吓了一跳，一头撞上复印机，复印机当即启动，一遍一遍一遍一遍一遍地吐出阵发似的尖啸。泼洒出的咖啡匆匆在办公桌上写下一行新鲜、滚烫、有机的"**呀，坏了！**"；那咖啡一定是新鲜冲泡的，流过纸张和文件时还冒着热气。

几分钟后，一切归于平静，猫以斯芬克斯状①闭眼端坐在椅子扶手上。我用指节推了推它的脊背。猫的身体抵着我的手，发出互相支持的咕哝声。

"坐，坐，坐。"

"谢谢。"我看见大卫的显示屏上开着在线国际象棋。

"踢，踢，踢。"大卫·斯万斯比说。

第一次看见踢踢是在面试这份工作的时候。细瘦伶仃、黄眼睛的邋遢小猫，颜色像放了很久的烤

---

① 类似于狮身人面像的姿势。

面包片。它以协同面试官的身份出现（"不用管脚边那只猫！请坐，请坐！"），并未受到排斥。我面前的桌上有一只浅底瓷碗，摆在印着"斯万斯比新百科词典"的马克杯和一叠便利贴旁边，原来是这个用途。起先我以为它是个烟灰缸，假如不是，就是宾馆前台那种薄荷糖碗的恶心版本，里面装了半碗脏兮兮的褐色颗粒。不完全是粉末，一点不像肉。这种猫粮叫作粗磨干粮[1]，对吧。我是因为美国情景喜剧才听说过这个词。发音与字母的巧妙融合，含有"小猫"（kitten）加"啃咬"（nibble）加"碎屑"（rubble）的联想，外带一点朦胧的拟声词意味，像是它本身从袋子里倒出来的声音。

那场实习面试中途，我看见这只浅底瓷碗上写着"踢踢"。大卫——面试时还是斯万斯比先生——沿着我的视线看去。

"提提维鲁斯[2]的爱称。"大卫绕过桌子，和猫说起话来，"对吧，踢踢？踢，踢，踢。"他伸手抚摸踢踢的耳朵，揉了揉。我渴望工作的大脑转动起

---

[1] 原文为"kibble"。
[2] Titivillus，是一个杜撰的恶魔形象，专门在中世纪僧侣抄书时在书页上放置错误文字，减少以抄书赎罪之人升入天堂的机会。

来，意识到这只猫已经变身为外交之桥，于是伸出一只手覆在猫肩膀的皮毛上。斯万斯比先生的拇指摸索着踢踢的下颌，寻找能把猫逗笑的最佳位置，而我专心抚摸它的肩隆，假如这个词没用错的话。也许这两件事不相干；但踢踢在我们的团队合作下满意地呼噜起来；我被录用了。

大卫擦拭着桌上的咖啡，手里拿的似乎是一团没穿过的袜子。我觉得我该说些温和的话题，缓和气氛。天知道我为什么我总是感觉有这种义务。

"您还没好好和我讲过这只猫名字的典故呢。"我说。

"严格来说，"大卫答道，没有抬头，"自从第一只猎鼠者养在楼下印刷间以来，斯万斯比宅的每一只猫都叫过这个名字。你看，老鼠会用废弃的校样搭窝。名字会继承。十八任踢踢。喝茶吗？咖啡？水？"

"谢谢，不用了。"我用拇指捋过踢踢的鼻头。

"我觉得提提维鲁斯写在项圈上太长，所以简化到了极限。"大卫说，"起初的一年有点可笑，不过后来——好吧，我总是忘记这在外人眼里会是什么模样。楼里到处是写着**踢踢**的碗，我对着窗外大喊

'踢踢！'。我对这个名字太习惯了，很难意识到不对劲。①"大卫忙着摆弄茶壶和一只小小的咖啡壶。

"提提维鲁斯。"我确认它的读音，"是一位皇帝或女皇吗？"

"是恶魔——弥尔顿大约写过。也许没有。"大卫朝靠墙顶到天花板的书架低处挥了挥手，应该是在示意 M 部的区域。我还没做好心理准备迎接这位百科全书词典编辑，既能坦言自己无知，又能同时夸耀自己的博览群书。"在神迹剧②里一定出现过：大家把书写作品里的疏忽和笔误归咎于它。'踢踢'也是《匹克威克外传》③里呼唤猫的词。'咪咪咪—踢踢踢'。这样的用词。"

在我的抚摸下，踢踢的呼噜声越来越响。大卫动用全身的力气按压咖啡壶的柱塞，站姿像要引爆一片山坡。

"还有，踢踢是个男孩。"大卫说。

---

① 猫名字缩写的原文为"tits"，有"乳头"的含义。
② 中世纪欧洲的一种宗教戏剧，通常以《圣经》故事为题材，旨在传播基督教教义。
③ 狄更斯的第一部长篇小说，也是他的成名之作。

"明白了。"我答道,对猫说了一句,"你好呀。"

"但这些都是枝节。"大卫说,"我叫你来,是想问你有多擅长保守秘密。"

我眨眨眼。

"我要说的话很短,也不是正式的。实际上,"大卫斟酌着语气,"我希望接下来我说的话不要传出这个房间。"

我忽然意识到自己可能要被炒了。从炮管,从窑炉,从办公室。烦躁,磨损,火焰熊熊。大卫清了清嗓子,我开始计算房租和透支的款项。这时我才发现,从工作第一天起,我就一直在下意识地计算这些数字。该有一个专门的词来形容这种肾上腺素的涌流,当你终于发现自己为什么那么疲惫——那种摇摇欲坠的倾覆之感,标着问号的购物清单、记账软件,洗澡时流下的眼泪,往比萨酱里兑的水——

"我要首先向你说明,今天的意外让我万分惊怒。"大卫说,"感谢你花时间处理这件事。对因此导致的一切不愉快,我深表歉意。"

我等待着。

"我找你是想谈一谈山鼬。"

"山鼬。"我重复道。

"这本词典里，有些错误。"大卫说。他和蔼的声音似乎在末尾带着哭腔。我盯着他。他开始替自己分辩。"好吧，不算错误。不完全是。那些词原本就该出现，却又不该出现。"

"山鼬。"我又重复道。

"其他词典里也有！绝大多数词典里都有！"大卫·斯万斯比说，"自造的词。"

"每个词都是造出来的。"我说。

"说得不错，"大卫·斯万斯比答道，"只是没有意义。"

"假词？"我问。

"或许可以这样说。"

大卫边说话，边整理桌上的铅笔和笔记本。他的这番演讲仿佛试排练过，像一篇论文。他阐述道，任何参考书中都有可能冒出一些与事实不符的词语。这些词条的确削弱了词典浑然一体的客观权威，却并不一定算作"虚构"。大卫说，关键在于这些词条是否有意散播不实之言。词典里出现不实内容，简单来说有两种原因：一是词典编纂层面以外的考量，二是编辑过程里的误会。大卫不辞辛苦地指出，其他词典——斯万斯比词典的对手——曾如何笨拙地修补这些错误:《牛津英语词典》在编纂早期,已经拟好定义、写在校样上预备编辑的所有由"pa"开头的词语都意外成了壁炉燃料。罪魁祸首是一名漫不经心的女佣。并且,直到《牛津英语词典》第一版问世以后,编写者才发现,bondmaid〈名〉(女奴)词条因为归档失误而逃脱了。自然,这样的倒霉事不仅出现在词典和百科全书当中。畅销作品《伦敦A-Z街道地图集》的编写者接受采访时透露,她险些遗失两万三千张索引卡:一阵突如其来的风把卡片吹到了窗外,绝大部分降落在霍尔本高街上一辆飞驰的公交车顶。这本《地图集》的第一版漏了特拉法加广场[①]词条,这就是解释。不知道这逸闻是真是假。我从来没查过。但这些情有可原的编辑疏忽让大卫讲得引人入胜。足够他编一部关于失败的词典,我暗想。

大卫还在说:像这样不幸的偶然与误会,或许会使词典有缺损,但绝不会引入有意的讹误。没有证据表明这些事件里蕴含着恶意,要造出一部错误

---

① 伦敦著名广场,坐落在市中心,是该市名胜之一。

的词典，存心误导使用者。读者。碰巧看见的人。词典或百科全书里总会混入显眼的错误，无心的疏漏召唤出所谓的"鬼词"。大卫讲了一会儿鬼词，从架子上抓来一张纸，径直念道："没错，鬼词——'现实中不存在的词'等等，云云——"拇指扫过这段内容，"'是纯粹的生造词，出自印刷工人或抄写员的疏忽，以及无知或粗心的编辑热心过头的联想。'"

我不知道这些引文是哪里来的。

"热心过头的联想"成果——"著名"鬼词 dord，在《韦氏新国际词典》里盘桓了五个版本之久。一九三一年，韦氏词典的化学编辑提交了一张词条："D or d，意：密度"，意为：大写或小写的 D 在科学方程中可以代表密度。纸条在各部门流转时闹出了误会，打字员收到时，不觉得它的意思是大小写均可，而以为 Dord 是一个代表"密度"的词。直到一九三九年，有人提出 dord 找不到词源，这个词才引起大家的怀疑，最后从词典里剔除出去。

密度，密度，密度。天知道当时该有多少人用过 dord 这个词。每星期我至少要用四次，踱过度过拖过又一天。

许多编纂词典和百科全书的人,都会以"站在巨人肩膀上"(可以想见这些巨人的茫然或震惊)的姿态利用前人的工作。Dord没有混进斯万斯比词典的书页是我们的万幸。

说到这里,大卫·斯万斯比紧张地咳嗽了一声。他避开我的目光,继续下去。

有些词典会故意编造词语,散落在词典中,作为对内容的保护,在这种情形下,插入虚假词条的恶行正是成为恶行的手段。大卫说,换个角度,假如(假如!)你正在编一部词典,剽窃别人撰写的词条、并据为己有,这其实很容易,因为词就是词就是词,云云,云云。可是如果对方虚构出一个词夹在文中,却发现你的词典也收录了它,他们就会知道这是你抄来的。

山鼬,名词,指为了防伪,刻意伪造后插入词典或百科全书的词条。不实信息,假新闻。懂了,老兄。

制图师也会用这样的策略保护自己绘制的地图:只要在路网之中添一条不存在的"陷阱路",看到相似的地图时,就能辨别它不是照搬了你的设计。

大卫还在讲。踢踢过来蜷在我的腿上,我没有拒绝。他讲到山鼬的由来。这个词来自一则著名的虚构词条,印在一九七五年版《新哥伦比亚百科全书》的书页上。莉莲·弗吉尼亚·芒特维泽[①]与作曲家穆索尔斯基[②]并肩,毫不突兀地站在奥林波斯山[③]与拉什莫尔山[④]的山麓。

芒特维泽,莉莲·弗吉尼亚,1942—1973,美国摄影家,生于俄亥俄州邦斯。1963年由喷泉设计转攻摄影,1964年因拍摄南米沃克山脉人物影像崭露头角。曾获得政府资助,拍摄一系列不寻常事物的摄影-随笔集,对象包括纽约公交车、巴黎公墓和美国乡村信箱。其中,美国乡村信箱系列在海外频繁展出,1972年以《插旗!》为题结集出版。芒特维泽应约为《易爆》杂志拍摄素材时,在一场爆炸中罹难,

---

① 原文为"Mountweazel",是前文及后文"山鼬"一词意译,为作者虚构的假人名,作防伪之用。
② Modest Petovich Mussorgsky(1839—1881),俄国作曲家,俄国近代现实主义音乐的奠基人。
③ 希腊最高的山,位于爱琴海沿岸。
④ 俗称美国总统山,凿有四座美国前总统头像。

时年 31 岁。

我喜欢莉莲·弗吉尼亚的读音。真可惜,她不存在。

"您是说,我们这部词典里也有假词?"我问。
"某种意义上。"
"有一个?两个?"我问道,"是哪些词?"
"问题就在这里。"大卫说。
他递给我一张打印纸。踢踢看见了桌子上方传递东西的动作,从我手底下兴奋地探出头来。纸的边缘染了浅浅的咖啡渍。
这是斯万斯比词典某一页的复印件。扫描得不太清晰,侧边还有大卫手指的虚影。中间靠下的位置,圈出了一个词和它的释义。

cassiculation〈名〉,行走时撞入蜘蛛网或不可见的透明薄网的感觉。

好词。我能想象它派上用场。
我把那张纸贴近我的脸,仿佛要嗅出伪造的气味。"这是个假词？一只山鼬？"

"能查到的词典我都查过了：哪一部都没收录这个词。"大卫挥手扫过书架，然后把手指伸进头发，从那动作看来，他经常做这样的动作。

"我觉得，"我把那个词放在口中咀嚼，"只是一个微不足道的词。Cassiculation。能有什么——"

"我回溯了旧资料。"大卫打断我。他不常打断别人。他从桌子上拿起一张褪色的索引卡片。"找到了档案里的原始笔记。每个词都有一张写有释义的'纸条'。看看这张，没有例句，没有词源，根本不符合标准。天知道是怎么混过编辑流程，收录进来的。结果，这该死的词混进了每一本印刷版词典。"

"假定它的确是只山鼬，"我拿起索引卡片，"如果我没有理解错的话，一定会有插入这些词的某种记录？否则这个办法就不管用了。当不了版权陷阱。要想抓到人，就要先知道陷阱设在哪里。"

大卫点点头。"我也是这样指望的。但愿能从档案里翻出一张清单，在我把词典数字化以前，先把这些假词找出来，剔除出去。"

"清单。"我问，"您认为这样的词可能不止一个？"

大卫颓然靠在椅子上。"恐怕如此。"他泄气地捻起手指,"翻过来看看。这星期刚开始的时候,我开启了这项计划,想看看还有没有其他的词露出形迹。我随意翻开档案,在索引卡片上筛选同样的笔迹,三小时以后就找到了第二个词。"

我把手上的 A4 纸翻了个面。还是一张复印件,有一个词及其释义被圈了起来。也许只是我的想象,但这个圈更狂躁了一点。

asinidorose〈名〉,散发出驴子着火的气味。

"天哪。"我说,"想出这么一个词,这家伙多少有点儿——有点儿——古怪。"

"要我说,让人难堪极了。"大卫用上了手势。"山鼬的确常见,但这东西每版有一个就够了。而且,必须能让编辑认出来,否则这个词就失去了意义。无意义的错讹!这样的词怎么会散布在词典里?完全无从解释!"

"像是词典拥有了自己的意志。"我说。

"多难堪啊。"大卫说。

"怎么说呢,我觉得这样挺好。"

大卫抬起头。"好?"

"对啊,"我说,"多棒。索性把它当成数字化版——数字版,随便吧——的卖点。"我的热情渐渐高涨,这是个迎合大众的机会。"绝对没问题——在传统媒体热炒一波,用这些词来凸显——"我环顾四周寻找恰当的用词,"怎么说呢,词典的特色。给《倒计时》的词典角加点作料,激怒一群解谜和拼字游戏爱好者——这样的USP①可是花钱买不来的。搞怪,无厘头,非常吸引新型人口圈层。"我已经完全接受了这个主题,谓题,宾题,仿佛对我来说它已经登上了热门。

我语无伦次。这类语言似乎让大卫感到生理上的痛苦。听见USP这个词,他一下子老了好几岁。"照你的想法,《斯万斯比词典》会沦为笑柄。身为这部词典的编辑,我已经注定要见证它的末路,可不愿意再让它以愚蠢的闹剧收场。"

踢踢打了个哈欠。我抚摩它的耳朵,让它重新发出呼噜声。我感觉这样可以缓和气氛。

"那您打算怎么办?"我忽然意识到,大卫叫我来也许真的是有坏消息要宣布,"词典的数字化工作

---

①Unique Selling Point(独家卖点)的首字母缩写。

会告一段落吗?"

"不会!"大卫说,"天哪,不会。不可能。不过,当我继续将词典数字化、更新词条的同时,我的确需要全部人手,在档案里筛选索引卡。"

踢踢又打了个哈欠。

"您说全部人手,意思是——"

"我看见你在工作时间读《词典》。"大卫说,"你办公室里有一本摊开的。"

松懈被抓。我感到一阵惭愧的刺痛。"纯粹是好奇。"我能感觉自己脸上发热。无聊。其实是无聊。"偶尔才翻翻。"

"你要——对!"大卫双手一拍,"接着读,只不过要和档案里的索引卡比照。读一九三〇年出版的九卷本,以及清样。如果你发现哪里不对劲——你就,嗯,告诉我可以吗?"

我捏着索引卡站起来。脑子里遍布蛛网和着火的驴子。

"没问题。"大卫对着面前的空气说。他看起来很愉快,脚步也轻盈起来。仿佛把秘密坦白给我让他得到了解脱。"那么,不介意的话,我已经把大多数盛着 A 开头单词的纸盒都拿过来了,就放在——

啊——猫砂盆旁边。我会帮你把其他的拿来,放在你办公桌上。时间紧迫,你觉得呢?"

H 代表 Humbug〈名〉假冒者；吹嘘

温斯沃思的思绪又飘回前一夜的聚会，以及他现在头疼的缘由。近来他的生活都是由脑袋的嗡嗡作响来界定的。追溯头痛的源头，意味着追溯昨日的温斯沃思，随他穿过夜幕下的人群，挤过朗埃克街上礼帽、肩膀与披肩丛中的缝隙。Curriebuction 一词在他头脑里盘桓。他咔嚓咔嚓嚼起一颗榛子，好似要把它驱走。

他不愿意 ①迟到 ②赴会。弗雷欣的生日聚会。

那家伙不需要更多关注的目光了。温斯沃思计划在那里待上半小时，然后借故清醒、慎重、合乎礼节地离开。回家读几首诗、几页哲学书，或许钻研一番艺术史。不过，"一千五百英里学会"的聚会他也很想一探究竟。据邀请函所说，只有完成了从伦敦出发的一千五百英里行程，才有资格入会。这个俱乐部温斯沃思第一次听说。

他在德鲁里巷找到了那栋建筑，向戴领结的冷脸门房询问了学会所在之处，之后被引入一条走廊，走进一个铺着橡木地板的明亮房间。室内升起谈话的热浪，以及手镯与香槟酒杯相碰的脆响。

房间很宽敞，但并不难发现弗雷欣。他被一群大学同学和斯万斯比宅的同事簇拥着，一身考究的灰色西服配亮粉色的胸花，坐在一千五百英里学会的真皮扶手椅上，摆弄一只香烟匣。弗雷欣彻底摆脱了葡萄干布丁或者水煮猪肉般的厚实身材，这身材几年前曾助他在橄榄球场横冲直撞、于入学合影里占据一席之地。西伯利亚显然把他打磨得恰到好处。他散发出一股让人恼火的粗犷而俊朗的魅力，新蓄了漂亮的红褐色胡须，抹了发蜡的黑发像甘草糖般卷曲在耳边。

温斯沃思和弗雷欣握手，迫使自己做出愉快的表情。手油腻腻的，太久没有松开。不知为何，这局面看起来像是温斯沃思造成的。

"温斯沃思！"

"弗雷欣。"

"温斯沃思！多谢，多谢：二十七岁了！"寿星即兴欢呼道。两人的手还没有松开。温斯沃思注视着手腕起伏。他说了一句对弗雷欣加入学会的祝贺。

"哦，那个啊。"弗雷欣上下摇动两人的手，把他拉近，"是我回来以后自己建立的俱乐部。和我叔叔打了个招呼——"他把手掌对着窗边一人拂了拂，那人和他侄子一样，周身萦绕着迷人的高雅气息。温斯沃思郁郁寡欢起来，他原本猜想这样的举止或许是弗雷欣长年苦练出来的。

弗雷欣凑过来讲话。凑得太近了。"我和我叔叔费了一番力气，才争取到这些房间。这里的布置，拿来办晚宴倒也不坏，你看呢？"

天知道，在弗雷欣和他叔叔挪用来办这个可笑的学会之前，这些房间原本派上的是什么用场。天花板上隐约染着被香烟熏出的黄渍，似乎是男士聚会的场合；扶手椅上晕开的污渍与之遥相呼应。凹室里点缀着涡卷装饰与有圆润臀部的赫尔墨斯[①]小雕像。想必是弗雷欣为这里添置了某些道具，以传

[①] 古希腊神话中的商业、旅者、小偷和畜牧之神。

达学会标新立异的追求。温斯沃思走进房间的路上，差点被一只象腿模样的伞架绊倒。现在他还猜测，弗雷欣的家族一定与邱园[①]有往来，甚至借来了他们棕榈温室里的几株植物。茂盛的盆栽芦苇与高草一丛丛散布在宽敞的房间，足以让猎豹在其中藏身。

就温斯沃思对此前谈话的记忆而言，弗雷欣的叔叔和他们的家族财富似乎与大黄有关。大黄果酱、果子酱、果蜜、蜜饯，从家族庄园装船，运往世界各地。温斯沃思向来分不清这四者有什么区别，他只记得同样让人反胃的甜腻，让牙齿发酸、舌头蜷曲的凝胶口感。

"所以说，"温斯沃思说着，笑得爽朗，过于爽朗，肚子里已经因恐慌而灼热。他害怕，再多保持一会儿这副笑容，他的嘴角就要咧到脑后，而脑袋掉下来，骨碌碌地滚走。"所以说！"他拾起话头，"你是'一千五百英里学会'的创始会员，并且，实际上，也是这个学会唯一的会员？"

"迄今吸纳的两位会员之一，我的好小伙子，两位会员之一。"弗雷欣招呼一位侍者来到他身边，温

[①] 英国皇家植物园林，世界著名的植物园之一。

斯沃思手里忽然多了一盏叹号似的香槟酒杯。"只要你肯走过巴特西①,就允许你加入我们的行列,如何?"

温斯沃思顺着弗雷欣的手望去——这人似乎不会用手指直接指人,只会舒展手臂示意,仿佛置身于一场离经叛道的文艺复兴宫廷猎艳舞会——让视线瞄准一只挂在墙上的木制铭牌。有点像学院奖的荣誉证书。

铭牌上用金色字母写着弗雷欣的名字以及(剑桥)。下一行是罗纳德·格洛索普。

格洛索普这时正在门口站岗,招呼每一位走进来的人在来宾簿上签名。温斯沃思来时想必也与他擦肩而过,却没被人注意到,并且绝对没有被人招待。格洛索普握着亮绿色的手帕抹了一把脸,对上了温斯沃思的视线。格洛索普举杯致意,温斯沃思把香槟杯倾了倾,弗雷欣豪饮一口。不知哪里传来钟的响声。

角落里有一支乐队在演奏,单簧管偶尔尖啸一声,扰动空气。温斯沃思犹豫着,想对弗雷欣选曲的品味盲目吹捧一番,正要开口,弗雷欣却被另一

---

① 伦敦市内泰晤士河南岸的一个地区。

位来宾强行拉走了。平静降临,温斯沃思感激地松了一口气,回归他在社交场合的一贯举动——像在牢房里转圈的犯人那样计算步数。

他顺利地沿着房间走完了一整圈,打算变个招数。在地毯上拼写看不见的单词。在房间平行的两边分别从头走到尾,再沿中线穿过,H 完成了。他又花了些时间走出一个 E,勾出两个 L,以一个完整的圈结尾:O。这项使命不仅消磨时间,还能让他面孔紧绷,显出真切的专注。温斯沃思发现,像这样在地毯上写字,能得体地避开搭话的人:他只要友善却坚决地沿自己设定的启蒙单词路线行走,人们就不会想凑近他,跟他聊天。过了一会儿,情形略微有些尴尬了:餐饮工作人员注意到了他离群的举动,温斯沃思意识到他们在跟着他走。"一千五百英里学会"的侍者周到得无可挑剔。又喝过两杯香槟之后,温斯沃思不愿他们再跟过来,于是点了一种他能想到的最偏门的饮料。调配这种饮料大约要花去他们不少时间,足够他清净一阵。结果几乎眨眼之间,就有人端来一只盛着大黄蜜接骨木花酒的玻璃瓮。失败。味道像怀揣秘密的暴君用过的肥皂。他改换方针,坦率地点了一杯威士忌。

根据温斯沃思的逻辑，既然酒水都记在弗雷欣的账上，何必与这样的慷慨作对？他又给角落里的乐师各点了一杯饮料，他们敲打乐器以示谢意。

房间另一头，看得出来弗雷欣刚讲了一句俏皮话，他那群滔滔的围成一圈的大学同学骤然鼓起掌来。蛋糕从侧门进场了，又大又沉，搬它进来仿佛抬了一口棺材。蛋糕做成了一本书的形状，覆有墨蓝的皇家糖霜，聚会主办者的名字用白色翻糖字母写在书名位置。乐队开始演奏《他是个快乐的好小伙》，弗雷欣手持长刀把蛋糕切开，"一千五百英里学会"的会堂里响起一阵冰块与玻璃杯相碰、袖口与玻璃杯相碰、手杖与地毯相碰的声音。格洛索普向来宾簿欠身，微微笑着。

侍者分发蛋糕的时候，温斯沃思已经把字母表拼了两遍，觉得已醉得不轻，他决定再走最后一圈就离开。他劝解自己道，踱步比闲谈更能发挥他的长处，这种行为不是紧张的产物，而是信步漫游。他从托盘里拈起一块蛋糕，一道灵光划过：不仅在这个房间里，他还可以沿着伦敦的街巷走出字母图案。他倚着墙站稳，设想在这座城市里，可以组成罗马字母的路线。散步与字母表，温斯沃思想道，这两样事物可以组成绝佳的注意力转移疗法。字母A可以从剑桥广场出发，沿厄勒姆街疾走，在七面钟处转向圣马丁街，再由钟塔街组成中间的一横。有几个字母很清晰地浮现出来——字母D是比灵斯盖特海鲜市场的外缘，O可以是圣詹姆斯公园。在那里走上五千圈，他也可以加入"一千五百英里学会"。芬斯伯里广场最近拆毁的教堂与霍克斯顿疯人院之间有一大堆乏善可陈的S与Z。这份索引越列越长。

温斯沃思模糊地注意到自己走过格洛索普身边。他正边舔拇指边翻动来宾登记簿。

温斯沃思总有理由记起上学时写满语法练习和表格的课本。其中有一页，让学生按步速为下列动词排序：信步，纵步，缓步，挪步，阔步，闲步，拖步，驰步，跑步，踱步，稳步，漫步，曳步。温斯沃思又一次悠然地从乐队旁经过。行进中①信步，快板②纵步，小柔板③缓步。他看见了侍者，示意再来一杯威士忌。笑声，祝酒声，衣袖摆动的朦胧色块间显现一段裸露的皮肤或白牙。极缓

---

①②③原文皆为表示速度的古典音乐专业用词，来自意大利语。

板[①]挪步，小行板[②]阔步，中速[③]闲步。房间里现在怕是有两百人了，个个都仿佛很快活。庄板[④]拖步。极活泼[⑤]驰步。

也许尚有一丝希望，在众人见证中待满社交礼仪所规定的时间后，他有机会悄悄溜出门。他看中了一棵格外浓密的盆栽，准备藏在它后面，避开侍者与弗雷欣的注意。在盆栽叶片之间相对安全的环境下，挨过最后几分钟。那棵植物极为茂盛，与词典编纂者一样高，垂下宽阔平整的叶片。温斯沃思不想让人觉得他蹑手蹑脚。白天在办公室里，他写的正是这个动词的释义，对它足够熟悉，知道蹑手蹑脚的行为一旦被撞破，就会现出猥琐的动机。但sidle〈动〉可以徐徐化作slide〈动〉，意思是徐徐进入——化鬼祟为优雅。只是举止不同而已。也许这就是他不像弗雷欣那样有魅力的原因。温斯沃思想道，要想不让人说他蹑手蹑脚，也许走路时膝盖要微微弹跳，手肘要夹紧。他现在深信，他就是天生不着痕迹的人，膝盖弹跳着，徐徐钻进那棵翠木——假如他要用最考究的词语来称呼它的话——

[①][②][③][④][⑤] 原文皆为表示速度的古典音乐专业用词，来自意大利语。

连一片叶子也没有惊动。

他蹑手蹑脚地撞见一个已经藏在那儿的年轻女人。

女人正在吃一块生日蛋糕,腰微微弯着。他们四目相对,眉毛同时因惊讶扬起相同的角度。两人脸上的表情同步改变:抑音符、锐音符、扬抑符,ò ó ô,讶异而后心虚而后尽可能若无其事。她目光定住,注视着温斯沃思,一边把蛋糕塞进珠绣手袋,直起身来。醉意中的温斯沃思将其解读为开始口述环节的邀请,他清了清喉咙。

"——"他开口。他想了想,悄声道:"对不起。我没想到这棵树已经有人了。"

她一身鸽灰色的衣服,戴着眼珠或蛙卵大小的珍珠,不,该比作更优美的东西,不必事事都用比喻,她颈上环绕着大颗的珍珠。颈部白皙。他怎么盯着她的脖子看?他忘了咬舌。温斯沃思拉回思绪,想到叶片外还有人群,但他才注意到三片快要碰到她头发的叶子,她已后退了一步,隐入浓荫。他晃了晃脑袋,强迫自己集中精神。

"不必担心。"年轻女人说,"这棵小树效果显著,获过一致推荐。"她向温斯沃思伸出手。"您是利文斯通医生吗?"两人的表情从怀疑转为饱含幽默感的合谋:ðð。温斯沃思默默浮生出一种不合情理、直白到不切实际的猜想:他一见钟情了。

"也许那位尊敬的医生不在来宾之列。"他走近那棵树,并拢双脚。

"那可以说,某些人拥有非凡的运气。"她说。

"您也不想待在这里?"他不知自己有没有站直,试图调整脊柱的姿势。

"我不宜置评。"她转过头,视线与他对称,投向外面的房间,"我想您也在上演逃亡的戏码?"

树干上钉着一枚写有物种名称的标签。有点歪了,他用拇指的指甲扶正。整座房间仿佛在咏唱大黄、大黄、大黄。

"不太有把握,"他说,"我是坐办公室的。"他小心地看了她一眼,见她面露疑惑。"我的意思是,不是那种可以去田野调查的人,"他笨拙地解释道,"像特伦斯,嗯,弗雷欣先生那样的。冒昧了,我们以前见过吗?"

树叶在他们身旁沙沙作响。树干上的标签写着**请勿触摸**。

"我想是没有的。"女人说,"您穿越过一千五百英里吗?"

"至少今晚没有。"两个男人高声谈论着政治走过他们藏身的树前,温斯沃思听出他们用错了议会相关的术语。从这个角度望去,温斯沃思看见一名乐手在中提琴盒里藏了一只扁酒壶。"请问,"他说,"您是不是掉了什么东西?"她的眼睛是褐色的,一只眸子里有一抹奇特的绿意。他为什么会望进——望着她的眼睛?他有一种感觉,假如不去看她,即便说些胡话也不会受责备。"我只是想问问,不知道您待在这儿——"他指向周围的树叶,"有没有什么缘由。比如说,如果您掉了什么东西,也许我可以帮忙找一找。"

"在热闹的社交场合,我不在最佳状态。"她说了一句大意如此的话,直率却柔和。"但我很擅长发现制高点。在这里观察人群,我能获得一种乐趣。"她把声音放得更轻了。"透过卢梭[①]笔下的丛林,看见马奈画里的场景。最重要的是,在这里可以避开闲谈。"

[①] 此处指亨利·卢梭(Henri Rousseau,1844—1910),法国后期印象派画家,喜爱描绘浸润了幻想色彩的热带丛林风光。

"请您一定继续。"温斯沃思说。他向后退了一步,在两人之间举杯,暗自发誓一有机会就去斯万斯比宅寻找马奈和卢梭的传记词条的所有草稿。"藏在树后是我能做到最近乎无畏的事了,我可以完成得悄无声息。"

"那我们一同无畏吧。"

他思索了一下无畏的词性变化。这是他数月以来最持久的一场对话。他心想要不要每天早起都喝一杯苏格兰威士忌[1]、爱尔兰威士忌[2],这样也许一切都会变得连贯而简单。"您的观察结果如何?"

"太多了。"年轻女人似乎振作起来,点头示意他们面前的场面。"迁徙模式渐渐形成,人们选择各自的饮酒场所,不同群体里的称谓不同。实际上,直到不久以前,我都在观察您。"

"但愿您没有看到失礼的动作。"他的脸颊有些发热。

"您一定会原谅我的——"她说(也许她也喝醉

---

[1] 原文为"whisky",指产于苏格兰,由大麦或黑麦酿制的酒。
[2] 原文为"whiskey",指产于爱尔兰或美国的威士忌酒。与前文"whisky"一词的相异主要来源于苏格兰语与盖尔语中原始源生词的演变。

了),"半小时前我得出结论,您尤其擅长与无用的道路周旋。"

温斯沃思发现她说"周旋"①时有微妙的口音。他集中精力鉴别。

他试图显示魅力。"我想,我们都是如此,以各自微末的努力。"他把威士忌酒杯凑近唇边——不知怎的,没有贴到嘴上,手腕却兀自向上送,直到玻璃杯和视线平齐。视野透过倾斜的玻璃摇摇晃晃,染黄了她的裙子。玻璃杯在他眼前停了很久,格兰威特威士忌的酒气熏得他眼睛发疼。

她仍然望着房间。"那边的男人和您一样迂回地漫步,走了一个小时,但方向相反——您走顺时针,他则是逆日行②。"

逆日行立即成了温斯沃思在世上最爱的词。

"还有那个女人——"这位年轻女士指道,温斯沃思的视线追随她的手指——"不是她,是那一位,脑后明显鼓起一团,好像她的脑桥要钻出颅骨逃跑——"

---

① 原文为"negotiator"。
② 原文为"widdershins",是一个术语,意为走一条与在北半球时看太阳的视运动相反的路线。

"脑桥？"

"帽子颜色像咖喱。她每隔七分钟就把重心换到另一条腿上。还有格洛索普——"她指向门边的男人，"奇怪，他一直待在那里没有动。"

"您认识格洛索普？"温斯沃思问。"对，对！格洛索普是出了名地——"他又灌了一大口威士忌，斟酌用词，"脚踏实地。"

"我该做一份观察者手册。我很好奇，此刻您最想待在什么地方？"

这问题砸得温斯沃思摇晃了一下，他还来不及探究来源，就已经脱口而出："森嫩湾。"

她脸上浮起一道疑惑的细纹。"我大约没听说过——"

"在康沃尔郡，离兰兹角不远。我没去过，只在剪报上见过照片。下面有一行说明，"温斯沃思切换一种略有差别的音色表示引语，眼珠因浅浅回忆而不自觉地向后翻，"'森嫩湾拥有全国最迷人的海滩。'有许多美人鱼和走私贩子的故事。我可以在那里盖一座白色的石头小屋。"

"好啊。"她说。

"当然，也有沉船——许多幽灵在那里徘徊。抱歉，我是不是扯太远了？我扯太远了。谢谢您问起这件事。我后来查了这个地方，森嫩。现在想来，我必须承认，这幻想已经在我心里盘桓很久了：动身，到那里去，住下。"

温斯沃思从未向别人袒露过这番幻想与思绪，但这时他恍然大悟：遐想、渴望里的词语和真相，一直悬在嘴边等待化为语言。他从未意识到，潜在暗处的白日梦已经多么贴近他日常思绪的表层，只待破土而出。

他没有停下来："在那附近有一块叫'句法博士'的岩层，还有一块岩层因为轮廓相似，得名'约翰逊博士的脑袋'——了不得吧？还是说，乏味得很。"

"了不得。"她高声说了两遍，担心回答被乐队的声音淹没。"能知道这样的事，多么荣幸。"

温斯沃思知道这样的话一般是在嘲弄他，但今晚或许不同，这些念头值得说给对方听。"了不得。希望没有太惹您不耐烦。非常抱歉。自从看到那个地方以来，我还从来没有真正想过可以逃离这一切——"温斯沃思挥手拂过这座房间、这座都市、他迄今为止的全部人生，"到那里去。"

她看着他,眼神灼灼发光。"您应该试试。"她说,"逃离。"

温斯沃思的肩膀垂下来。"谢谢。能做得到就太——"他叹息,"我想养些蜜蜂。"

"还可以下象棋。"她提议道。

"养蜂,下棋。在我不为人知的小世界里享受安宁。"

"可是,您不会想念编纂词典的时光吗?您想必也是斯万斯比词典的编写团体成员?"

女人看见他露出的表情,笑了。那笑声让他一震,为了博她一笑,他脸皱得更紧了。"我觉得彻底消失更好,不必再假装自己有本事对语言指手画脚。"

"先生,我欣赏您的坦率。"

温斯沃思脸红了,咳了几声,但词语迸发出来,比他平时讲话的节奏更快,几乎语无伦次,像未经编校的清样。他非常明白,自己这时说的话恐怕一团模糊。他看见了轻率冒出的声音,元音在空气里缠结,齿擦音在嘴唇边刮擦,含混的词句蜜糖一般在口中发黏。

女人凝视着他。温斯沃思的声音渐渐低下来:未成形的语言被她的睫毛捕获,隐没于她虹膜边缘的闪烁的微光。他张开嘴,试图重组语言,试图道歉,试图用任何一句话填充两人之间的空间,准备检讨自己的聒噪或抢白。

"阻碍您的是什么呢?"她问,打断了他不断延展的思绪,"是什么把您与沉船和蜜蜂隔开?"

"钱不够。"他的语气并不幽怨。白日梦渐渐散去,方才絮叨的举止比内容本身更让他不自在。"这不重要。遐想的素材而已。"

"多少钱才够?"她问,"您梦想中的生活要花上一笔多么庞大的财富?"

温斯沃思配合着扳手指头计算:"农舍,蜂箱,一副象棋?也许还要带几件新衣服,再来一瓶最好的香槟去拜访邻居——"

"是啊,即使住在最迷人的海滩旁边,小酌也是不可少的。"

"姑且算六百九十九镑整,"温斯沃思捻动手指,"外加一两先令的火车票钱。"

"划算极了。"她说,两人碰杯。他们相视一笑,那是陌生人之间不再陌生的笑容。他们又透过树叶,看了一眼聚会上的人影。

"您不问问我梦想去哪里吗?"沉默了一阵以

后,她问。温斯沃思差点脱口道歉。

"什么,哪里,您怎么——"

他没来得及拼凑出问句,就看见弗雷欣的头顶和那专会找尴尬的狗鼻子从树叶间探出来。温斯沃思举起酒杯挡住脸,但为时已晚——弗雷欣大步流星地向他走来。

"温斯沃思!"他高喊,"别在那边和蜘蛛网打招呼,咱们好好聊聊。"

温斯沃思和他的同伴待在原地没动。

"唉,被发现了。"她喃喃地说。

"我可以像以前一样,不理会他。"他不完全是开玩笑,但也不完全镇定如常。

"温斯沃思,老伙计!"

没必要提醒对方他们已经互致过问候。温斯沃思认输。

"弗雷欣。"他从树后绕出来,"幸会。"然后被一个拥抱按在宽阔的胸膛上。一颗衬衫纽扣蹭到了眼皮。

"原来如此,在观赏本地动植物呢。"弗雷欣仿佛也在享受侍者的注视。他走向那位扶着温斯沃思的手臂、从树后现身的年轻女士。"索菲娅,你是不是被他烦透了,恨不得融入布景?"

索菲娅!温斯沃思从现在起最爱的名字。

她手套下的手指握紧了温斯沃思的衣袖,他决定视为战友情谊。"我们一起,"她说,"穿过了最幽深的原始丛林,现在比亲兄妹还要亲近。"温斯沃思咽了一下口水,试图集中精神。

"老兄,真有你的。"弗雷欣赞叹地看着温斯沃思,"彼得有没有说过我和他是怎么认识的?"

"他还没有机会。"

"温斯沃思就是我和你说过的那个,"弗雷欣的音调略微变尖了,"编写 S 部,却偏偏是个咬舌!"

温斯沃思皮肤红得要灼穿衣料。

"多难得啊。"在近旁偷听的客人尖声说。温斯沃思模模糊糊地想起在斯万斯比宅大片的书桌前见过他,是个研究口语的学者。他从来记不住那人的名字。他不知为何戴着一顶土耳其帽,醉醺醺的和蔼目光呆滞地在温斯沃思和弗雷欣之间移动。"但是,"他继续说,"特伦斯啊,你必须再给我们好好地讲一讲,你在西伯利亚探险的经过。"

弗雷欣笑了。温斯沃思心想,不知道举起一盆四百磅的盆栽冲一个人的脑袋砸下去有多难。"不可思议。"他听见弗雷欣的声音。"而且，常常荒谬得要命。比方说！看穿西装的哥萨克人绞尽泪腺念czar、tsar和sdzar[①]的一千四百多种读法，可怜的格洛索普在旁边一一记录。"

温斯沃思从肘旁摇摆的餐盘上拿起一杯酒。他保持着微笑，但嘴巴僵硬，几乎绷断。他感觉能听到下颌骨每次颤动时发出黏糊糊的松动声。让他稍感欣慰的是，他的树友因这轮谈话露出厌倦至极的表情。

房间另一边，有人拿出一只巴拉莱卡琴，这显然是弗雷欣在旅途中精通的一门乐器，他借机脱离几人小圈子，重新在沙发占据了一个位子。他没有看琴弦，盲弹了一段"我的情郎在剧院高楼上"，冲着格洛索普扑闪睫毛。老滑头。好个特伦斯。

温斯沃思嗅了嗅他的威士忌。

他思忖带索菲娅回到他们那棵树后，向她解释——怎样记下打嗝的发音？——咬舌的流言纯属子虚乌有。在昏沉的醉意中，有件事忽然重要起来：要让索菲娅明白他不仅执意道歉，而且是个**好人**。

[①] Czar、tsar、sdzar均为"царь"一词的拉丁语发音转写变体。

他不会弹巴拉莱卡琴,却有其他的才华。他能抽丝剥茧,讲述 hello(你好)最古老的词源。

在一群笑盈盈的观众面前,弗雷欣正重现他寄回办公室里那张著名照片上与海象搏斗的场景。灯光照亮他的头发,在他齿间闪烁,使他衣料上的折线纹理泛着金光。他又唱起歌来。

"可怕,英俊,爱出风头。他就是这样,对吧?"索菲娅低声说。两人注视着弗雷欣。他仰头向天花板奏乐,喉咙暴露无遗。温斯沃思不由得想到洛克福特-史密斯医生,那位嘴与口腔的鉴赏家多半会把弗雷欣的喉咙称作完美的样本。

温斯沃思想说,古英语里喉结叫作 Þrotobolla。意思是喉咙里的球,毫无诗意,只有词源意义上的实用性。字母 Þ 的凸起与喉头的凸起相呼应。他向面前的索菲娅眨眨眼睛,在他的视线里,她短暂地有了重影。

我该说什么?温斯沃思想。索菲娅,别相信特伦斯说我咬舌。别把我的舌头想象成飞蝇嗡嗡作响的肥厚口器。千万不要去想我的舌头。我不仅仅是一根舌头。

有人给温斯沃思递来新的一杯威士忌。端着它的手指生满雀斑，指甲淡淡的，没有血色。屈起的指节像一排苍白的 M，在握起的手掌边缘拼出一句喃喃低语。容我向您讲述"你好"的词源，温斯沃思想，接过酒杯。我不会唱歌，不够英俊，但也许我能以对细节而非概貌的兴趣吸引您，这就是我的才华。在微妙的细节里陶然漫游，向微小事物倾注真正的关切，点石成金。

他的确醉得太厉害、太厉害了。

"您还好吗？"索菲娅问。

Helloa，与 cocoa 有近似的韵脚，来自 halôn 强调语气的祈使形式 halôn，意思是"来拿"，专门用来呼唤船夫，或是在远处忙碌的人，也可以在不期而遇时惊讶地喊出来，例如相遇在一盆昂贵的棕榈树下。Hallow，在这个基础上，参照：惊为天人①。向狗喊 halloo，催它们向前跑。Lo! Hullabaloo，来自法语"bas, là le loup!"（那边有狼！），哈利路亚！啊，词源，为词语推想出的家谱。索菲娅，您对于我——一个编纂词典的人，有何感想呢？她在温斯沃思的视野里重影的时候，他想要问她。知道我的

---

① 原文为"demonstratively splendid"。

职业以后，您会有什么想问我？我最爱哪一个词？甚至更具体，最爱哪一个字母？请容许一名无聊的词典编纂者隐秘的虚构。随便问我一句话吧，索菲娅。

特伦斯·克洛维斯·弗雷欣又转回他们身边。"当然，"他伸出一只手臂揽在索菲娅肩上，"这趟旅程，我还收获了一件非凡的宝物。"

温斯沃思留意到两个细节。索菲娅和弗雷欣戴着成对的戒指；他喉结底下有什么东西收紧了。

温斯沃思致了歉，跌跌撞撞地走下楼梯，离开了学会。

一月的太阳在疾速掠过的破碎卷云间长久地寻求慰藉①。洛克福特-史密斯医生会为这句话而骄傲的。疾步——最急板；挪步——缓板；拖步——中速行板。

彼得·温斯沃思裤袋深处揣着一小块生日蛋糕，东倒西歪地穿过街道，往家走去。

---

① 原文为："January sun had long since sought solace, solently, amongst some small scudding cirrus clouds."含有大量"S"发音。

I 代表 inventiveness〈形〉创造力

"到这个地步你还不辞职!"皮普在电话另一头断然说,"咒你下地狱就算了,还来真的?开什么玩笑!"

我用拇指拨弄面前的索引卡片。"把大卫一个人留在这儿,感觉不太厚道。"我说,"你知道吗?我又找到一个词。几乎是不小心发现的。我念给你听:agrupt〈名〉〈形〉,躁怒,因结局不如意而引起的恼恨。"

皮普停顿了片刻,说:"像是真实的词。"

"我也这么想,但还是用手机查了查。结果一下子出来了。没有这个词——0.41 秒内返回 694 条搜索结果。'您要找的是不是:abrupt, agrupate, agrup，agrupe？'"

"比三美元纸钞还地道的假货。"

"是吧？"

"干得漂亮。怎么会一直没人发现？"

"没人仔细看吧，我猜。这儿藏一个，那儿藏一个。"电话那边皮普正在店里当班，传来奶泡的嗞嗞声和身边茶杯的碰撞声。"工作顺利吗？"我问。

"谁他妈在意。接下来你要查哪个词？"

"我打算从头开始。"

"Aardvark（土豚）再度出击？"皮普问。

"目前的进度——"我浏览书页，"看来是abbozzo〈名〉。"

"绝对是假词。"皮普说，"要不就是一种意大利面。或者修道院长，但肯定是个傻瓜。又或者是一种搞怪的办法，来念读ABC。"

"我敢说没有'念读'这个词。"

"扎心哪，小心眼。"

我把手机在耳旁挪了挪。"据这部词典，这个词的意思是'演讲或文学作品的提纲或草稿。废。罕'。"

"可不是嘛！"皮普说，"所以，你要一个词一个词地查？每个词都查？"

"恐怕是。"

"午饭吃了吗?"

"吃了。"

"壁橱鸡蛋?"

"恐怕是。"我又说。

"我警告,动词,"皮普说,"我正式放弃一切责任。"

三年前我们相遇在咖啡馆:她在吧台里工作,我是顾客,刚来斯万斯比工作不久。那时这座城市仍然让我目眩,我疲惫地修改简历,四处碰运气,以为这份实习撑不到年底。把一部词典转成电子版能花多长时间?天真得可爱。

我记得我们第一次说话那天。与恐怖的电脑沙漏对视了一上午,我极度渴望咖啡因。我是队伍的头一个。但我还没来得及点单,有个男人忽然蹿到我前面。"三杯卡布奇诺——抱歉,卡布奇尼[①]。"接一个响指。显然他很忙。大忙人。

"好的。吃点儿什么吗?"吧台里的店员女生

[①] 原文为 cappuccini,是"卡布奇诺(cappuccino)"在意大利语里的复数形式。

问。我记得我看着她,心想,这就叫作淡定。这里有个沉得住气的人。

"嗯,"插队先生说,"三只可颂面包。"

"好的,三只可呃呃呃胧①,马上就来。可——思瓮。三只苦沃思乌嗯。"她说。她察觉了我的视线。"还有你的一杯咖啡。今天只有外带的杯子了,你看行吗?"她语带征询,尽管顾客不接受也没有别的办法。糖包和奶罐旁的纸巾上印着"产地是一种口味"和几只咖啡豆。

"真好。"我说。什么玩意儿?闭嘴,快闭嘴。

"你叫什么名字?"她用笔轻轻敲打着手上的保丽龙杯,在这动作里我仿佛度过了四年。

"亚当。"插队的家伙说。

"可未必总是大哥,大哥。②"皮普说得很快,笑话也够冷,但意思到了,而我凝视着她的小臂,那目光我自己也难以理解。不太对劲。太对劲了。我又读了一遍纸巾上的布道词。

"你呢?"她对我说,水笔在指间悬停,"我要

---

① 原文为"crrrrrroisseaux",是皮普为法语词"croissant"(可颂面包)虚构的一种类似法语的复数形式。拖长音表示讽刺。
② 亚当是《圣经》传说中上帝造的第一个人。

写在杯子上。"

"马洛里。"我答道。她点头,打了个哈欠,掩住嘴。她在指节上刺了文身。是吗?写的好像是"**一流柚木**",但我错过了偏头看的时机,那些字颠倒了。我正努力辨认,她转过身,大力鼓捣起咖啡机。

不大可能是"一流柚木"。除非我因为不够变态,没能领会这句木工界的性感俚语。恐怕如此。别看了。我努力设想便携的词来打碎幻想。

难、搞!!
店、员
小、费
六、指

"我真的要死了。"亚当对他的无线耳机说。

"我今天早上画的。"

店员女生来到吧台旁递咖啡。她伸出手,给我看她的指节。

"啊。"我说。咖啡馆的店员女生伸出双手放在我掌心,转了半圈,好让我看清。这动作挺滑稽,但她就这样做了。不是文身,根本不是字;只是随手涂鸦，用的就是在保丽龙杯上写下我名字的那杆笔。

"盯得真狠，墨水都快让你擦掉了。"她说。这句对白谈不上多好，但本意就是这一点笨拙，暗示了善意。她转过身，把咖啡递给我。

"谢谢。"我说。

"你几点下班？"柜台里的店员女生问我。随后，就像许多无足轻重却意味着一切的细节那样，"柜台里的店员女生"变成了更实用的代词"你"。

"你要把索引卡片带回家吗？"皮普在电话那头问，"我要不要加固书架，然后认命，接下来十五年之类的你就埋头在里面出不来了？"

"认命吧。"我说。

Aberglaube 〈名〉, aberr 〈动〉, aberunacte 〈动〉。

"你还好吧？"皮普问，"我说真的。真的。"

"好像有点迷糊。"我说，"也许。看来今天会很漫长。"

"挺有意思的，想想看，那人穿着一身——不知道维多利亚时代的人怎么生活？"皮普说，我想象她双手举起。"高顶礼帽，猎鹿帽，霍乱。飙出租马车。蒸汽机车。电报。然后他坐下来杜撰单词塞进词典里,恬不知耻地给你的人生添堵。"

"说得好,谢谢你。"我说。

"剧透:凶手是斑马〈名〉。"

"妙啊。"我说。"真好。"

"一会儿见。"

"好。"

"你还好吧?"皮普又问了一遍,"上午出事以后?"

"嗯。"我心不在焉地说。

"我爱你。"皮普说。我挂了电话,从面前的索引卡片里抽出一张。

J 代表 jerque〈动〉稽查

温斯沃思顶着头痛在桌前坐了几个小时，起身溜出斯万斯比宅透气。他在单肩包里塞满了写有自造冷僻词语的稿纸，把背带甩过肩膀。他没有走出太远，不久便在圣詹姆斯公园里的一张长椅上落座，拜猫和它吐出的毛球所赐，衬衫还微微有些湿。他低头盯着膝盖。低头盯着双手。手指在寒冷的空气里轻轻发抖。赶去洛克福特-史密斯医生那里就诊的时候，他太过匆忙，忘了戴手套。

温斯沃思从裤袋里掏出一团吃剩的生日蛋糕，翻到正面。没有蛋糕师乐意看见它那挤扁了的尊容，表面还泛着聚会隔天汗渍的油光。温斯沃思怀着同病相怜的心酸端详这块蛋糕，把散落的碎屑拢作一堆，从腿上掸下去。蛋糕正面用糖霜写着弗雷欣的"F"。温斯沃思的目光钉在这个摩擦音上，把蛋糕送到嘴边，狠狠咬下去。糖霜表面应声绽开一片浅得不可察觉的蛛网状裂纹。

圣詹姆斯公园是离斯万斯比宅最近的绿地，员工闲逛时常来这里消磨光阴，依不同季节，要么欣赏花圃，要么喂鸭子。圣詹姆斯公园——St James's Park——指示牌和栅栏上撇号的正确位置，这是斯万斯比词典编辑部激辩的话题。温斯沃思刚来斯万斯比宅工作的那年，年轻编辑与公园管理员之间爆发了一场磨字之战。战争期间，为了宣告公园纪念的究竟是一位还是好几位圣詹姆斯，草坪和地上树立的众多标识都遭遇了磨蚀（后重塑）。

永远热热闹闹。

温斯沃思选中的长椅位于一处小径转角，湖景不佳，也没有可供欣赏的草坪或景观。这里远离同事的打扰，也不太可能有耐冻的情侣或闲逛的游客经过。这个季节里，花圃大多其貌不扬，赤褐的土地显出精心修剪过的乏味。他唯一能看见的花是长椅腿旁饱满得不合时令的蒲公英。这几株蒲公英熬过了雨水和寒风——回斯万斯比宅以后，他要问一问研究植物学的同事，这究竟是不合时令还是正常现象。不合时令的野草只是未经许可就绽放的花。温斯沃思用鞋跟友好地踢了踢它，蒲公英碎了。

离开书写厅，温斯沃思感到肩上的肌肉松弛下来，他终于可以深深呼吸。公园里的空气澄清了头脑，自然而然地激起信心与马后炮式①的机智。温斯沃思设想他没能发挥出的机敏应对。嘿，阿普尔顿，你既可笑又无聊，柯勒律治恐怕没等弗雷欣的父亲出生就去世了。比勒费尔德，你个歪脖子醒酒壶，别再卖弄"浪漫〈动〉"，想去打动科廷厄姆小姐了；假如你以为上周末还算有趣，就看看这个：bisexual（双性恋、双性人）、bathetic（陈词滥调、故作感伤）、intensify（加剧、增强）和 fister 也是柯勒律治的创造。

温斯沃思感到臼齿因蛋糕里的糖分而尖啸起来，他闭上眼抵御痛觉。这一天已经够受了。脑桥，脑桥，脑桥。还没到牙疼出场的时候。

小径上，看不见的地方，有一只鸟在啁啾。暗淡的阳光在脸上摇摆，舌底流过打哈欠的短促冲

---

① 原文为"l'esprit de l'escalier"，来自法语，形容"想到机智的解决方式时已晚"的境况。

动——他像狗似的晃晃脑袋,想振作精神,但随即掏出怀表计算午睡时间。正在消融的恶心和疲倦之感终于浮出水面。他现在只想睡觉,像书写厅角落里的猫一样蜷成一团,不在意一切。

但现在睡着,醒来以后就会浑浑噩噩,今晚也睡不好。把蛋糕吃掉,他告诫自己,再绕着公园转一圈,让血液循环,焕然一新,面对这一天接下来的时间。他把眼镜往鼻梁上按了按,艰难地仰起头望着天空,强迫自己清醒。两只鸟掠过头顶,交谈着,穿越彼此的轨迹飞过天空。也许是想象,但他仿佛看见一粒蒲公英种子从眼前飘过,与鸟同行。不知有没有人会想念他,假如他就这样静静地待在野草和野花间,把蒲公英的绒毛球踢得面目模糊,整个下午都不在纸笔之间,而是待在这里,直面、融入、化作云彩,为鸟儿计数,直至数字用尽。公园里有些滑稽而油润的野生小鸟,有几种他认得。椋鸟的确来得太早了。闪闪发亮,翼上生有星斑的椋鸟。一只勇敢的小鸟跳到他脚边啄食蛋糕碎屑,许多鸟伴着蒲公英种子在他头顶疾飞,飘游的愿望在空中寻得一处孔隙。一月份的长椅旁,最奇异的一幕不过如此:椋鸟,蒲公英,飞翔的种子与鸟群拧成一束，冲向灰暗的云层，像一支羽毛般轻盈的、含有午后氤氲水气的万花筒，让一月的天空朦胧而错综纵横，他明白了天空从来不是纯粹的灰色，其中拥挤着飞鸟的轨迹和满怀憧憬的种子，为飞鸟和种子所拥有的天空，扰动的、因愿望而炽热熟透的天空，鸟儿呼吸般轻柔的微风，像——该如何形容——心脏在肺部上方某处停止跳动，如果，果如——许多种子，比一丛更轻柔，像在阳光浸透的长椅上安眠；比一团更飘忽，比一朵更易散，却没脆弱到无法承载许愿，鸟群，无声的椋鸟群〈名〉〈复数〉，领头的不是鸟而是一蓬云集的种子，吹拂它的是被吹散的许愿球逸出的无数缕气息，造一座与时间无关、没有指针的钟，为凝结、震颤、轰鸣而群集，聚成众多椭圆，而非双翼与骨骼与喙的轮廓线，沉入剥离了斑斓与活泼的灰色的梦——不像花，像烟雾——收集椭圆形的空白对话框，从未说出的词，不可言说的词，吐字以前的停顿，熙攘如盲目的鸟群，纠结着，缓缓散开，为最空旷的天空染上温度与色彩。

温斯沃思在长椅上醒来，衣服皱巴巴的，身子歪斜，耷拉着脑袋。有个小男孩站在他面前，抱着一只玩具船，看着他。这孩子大约已经看了他好一会儿了。温斯沃思颤抖了一下，坐直，不由自主地吐出一声"呼哈"，小观察者吓了一跳。木船失手掉下来，磕在石头地上，当即摔断了桅杆。温斯沃思的道歉与男孩的惊叫声相碰，在空中纠缠打结。

那孩子的船掉了，他还在尖叫，视线却没有挪动。他眼睛瞪圆了，嘴巴张开，好像见了鬼——那惊叫有点破音，不是愤怒，也不是震惊于木船自沉，而是真切的惊恐。

温斯沃思把睡意在脑袋里摇散，对视回去。孩子的视线穿透了温斯沃思。这么说，他终于彻底隐形了。同事忽略他，他在场的时候没人在意他，但从斯万斯比宅走出来以后，他身上有些东西显然又不同了，进化，或净化——温斯沃思终于不知怎地变形为虚无，成为一抹稀薄的空气，比呼吸更为飘忽。孩子母亲赶来她目光呆滞的受监护人身边，视线移到温斯沃思身上那一刻，她显出同样的震惊神色。他们眼前恐怕只有一身西服和一团生日蛋糕，凭空悬在公园长椅上方。

温斯沃思试着抬起手，像幽灵似的轻轻挥了挥。

母子露出同一副不耐烦的模样。温斯沃思才意识到,也许他并不是他们俩注视的目标。他转过身,沿他们的视线看去。

在他身后几英尺的地方,一只养在这座皇家公园里白色大鹈鹕直立着,呲呲吐气。不仅如此——那只鹈鹕血迹斑斑,有个女人正掐着它的脖子。

鹈鹕愤怒地喷气,挣扎着,滑稽的鸟头弯向上方,一对灰白眼珠前后转动。一人一鸟在草坪上转圈,从喉咙里挤出恶狠狠的低吼。女人的帽子已经被拍掉了,皱巴巴地躺在两方中间的地上。

女人用双手掐住鸟颈,手指按在晃动的粉色肉垂底下。她不得不时刻挪动脚步躲避——血迹斑斑的翅膀疯狂拍动,想扇到她脸上。

温斯沃思听见那位母亲在他身后说:"这种鸟的翅膀能打断人的胳膊!"

"你想的是天鹅。"她目不转睛的儿子尖声纠正。

奇妙的是,女人与鸟的外表有些相称,他们向对方发起突袭时,竟然有点儿舞会一样的滑稽感觉。鸟羽被染成红色,鸟嘴黄得艳丽,女人的裙子则是糖纸似的颜色,胳膊底下夹着一把黄色雨伞。一人一鸟跳着无规律的华尔兹,深吸着气,互相角力,渐渐向温斯沃思和他的同伴移来。

鹈鹕进出一声骇人的尖叫。

"该不该叫人——"母亲往温斯沃思坐的长椅挪了挪。

温斯沃思拨动着眼镜,脑袋还因睡意有些混沌。"我真不知道该找谁——"

"她绝对疯了!"母亲打断了他,把孩子拉到身边。男孩不情愿地挣扎,一扭头,却看见地上摔坏的木船,发出一声尖叫。温斯沃思发觉他无端置身于两场沉默而荒唐的搏斗。他转而思考如何不着痕迹地溜走。

"想想办法呀!"母亲显然认定这时该由温斯沃思主持局面。她坚决而期待地望着他,孩子被她抓着,上蹿下跳,挣扎得满脸通红。

温斯沃思挺身而出。这样的事面前没有礼仪规矩。他轻声试探道:"我说——"但鹈鹕和女人正全神贯注地搏斗,无暇旁顾。温斯沃思犹豫地向战场投出一小块还没吃完的生日蛋糕。蛋糕碰在女人胳膊肘上,弹开了,什么也没发生。母亲和孩子长久地盯着他。鹈鹕的眼珠——圆圆的,像人的眼珠,因惊恐而放大——在他身上停留了一刻，身体仿佛凝住了。女人把握住这片刻的停顿，忽然转换策略，又或者勇气涌起，把鹈鹕拎了起来，以类似锁喉的姿态制住它。鹈鹕的喉囊映在身后柔和的日光下，泛出淡淡的粉色光晕，皮下枝蔓的血管狰狞地涨成深色。

男孩、母亲和温斯沃思的眼睛瞪圆了。

这出定格造型维持了不到一秒钟，鹈鹕的脖子忽然像蛇一样扭动着，发起进攻，疾速伸出，鸟喙刺向女人的下颌。她身子一缩，仍然紧握着鹈鹕的喉咙。

"能不能松手啊！"母亲喊，"杰拉德，别看。她要杀了那只鸟！"

女人听见声音，转过头来看。她眼睛上方有一道小伤口，几缕头发松了，扭曲地粘在前额上——

昨晚派对上的索菲娅？

温斯沃思不知道他是怎样飞快跃过长椅，一步跨过那么远的距离，但瞬间之内，他就和被他按在地上的鹈鹕面对面，一拳一拳一拳地打它，把它夹在膝盖中间，拳头落在它庞大的白色身躯上。鹈鹕不堪重负地挣扎，母亲和孩子在他身后尖叫，但他脑海里只有索菲娅眼睛上方那道小伤口，流着血：一道细血滑过她的侧脸，彻底破坏了对称。和他以为的正好相反，这只鸟根本没有受伤，身上沾的是她的血，他一下又一下又一下擂着那只鸟的胸腔——

K 代表 kelemenopy[①]〈名〉无尽直线

当卡通角色骂人或者说脏话时,对话框里的那堆井号、叹号、有毒标志的组合,有一个词专门形容:grawlix。@#$%&! 鼓噪咕哝的愤恨化成的词。像今天这样,面对读索引卡片这样的任务,我脑袋里就是这副模样。思绪里夹杂着星号。反问号的钩爪在大脑边缘拉扯。我的脑袋是一团填满 grawlix 的 grawlix,复数形式是 grawlixes 或 grawlix,或者更吹毛求疵、惹人讨厌的 grawlices。

我能感觉我渐渐倦怠下来。我在一张索引卡片上信笔涂了一个尖叫的我。人人都有自己的信笔涂

---

① 美国诗人、评论家约翰·西阿弟(John Ciardi, 1916—1986)在《英语词语成语释源词典》中自造的词。

鸦主题：无意识中一次次回归的形象或图案，把空白的纸边填满。我在大学笔记上画了上千个纸箱和卡通猫。不知道斯万斯比宅那位或那群不走寻常路四处云游的词典编纂者有没有涂过鸦。也许消解无聊还有更好的办法，而不是编造一些假词，让我一番好找。

在一遍又一遍重复的工作里，被雪盲似的感觉渐渐浸没。皮普说她工作时也会这样——咖啡订单全他妈无法理解了，只能靠肌肉记忆把活儿干完。

我开始随意抽出卡片。读上面的释义，如果这个词我不认得，就用手机交叉对比。

我举起一张卡片对着窗户，研读上面饱满优美的字迹。

芋〈名〉，一种早熟的小苹果。注：参照"丁"。另参照多地方言"芋荧"。另参照同义词"蒟"[1]。

我查了两遍，的确是讹误，我又发现了一个假词，可是浑蛋浑蛋浑蛋这一回它的确有点儿严谨。

---

[1] 原文为"crinkling"。参照中的 crinkle、crumpling、crouching 在英文中均有"起皱""蜷曲"的含义。

160

我累了，手机搜索结果的页面在我眼前阴魂不散。语言是不稳定的，我明白，从高中最后一年开始，我就一直享受——忍受有关这个议题的各种讨论，有的有趣，有的让人耳目一新，也有的无聊透顶。但这一次的任务与以往都不同——看着网络上几乎难以穷尽的释义，我不再能辨认出哪些词是真的，也不明白何必费心限定一个词的含义。在我看来这个举动意味着想象力宣告失败。认输。但编纂一本词典或百科全书，哪怕是斯万斯比这样朽烂的，也像是用网兜搜罗星辰。我走神了，想象有声书版的词典。想象字面意义上地咀嚼词典，嘴唇擦过词语，沿路行走，拱起泥土，被词源推搡着，咀嚼散落在桌上的索引卡片的反刍物，看看塞住牙缝该剔掉的究竟是什么。反刍，回味，沉思。

我把那张索引卡片举起来。芉，我读道，小苹果。早熟的苹果。什么意思？去他的。我所想象的"芉"是动词或形容词，形容眼角、点点先生①、废纸篓的死角。芉竟敢有不为人所知的词源。某人端详着手里的果子，没有叫它"什么东西""这玩意

---

① Mr. Blobby，英国周六晚间综艺节目《诺埃尔的家庭派对》中的角色，是一个浑身布满黄色斑点的粉红色球形人物。

儿",或者,说实在的,"小苹果",而是把它唤作芊。这名字还被另一个某人记了下来。亚当和夏娃为地上的走兽、空中的飞鸟和狡猾早熟的芊起了名。

我在手机上搜索"成年人 ADHD 症状[①]",翻看前几条结果。这已经不是我第一次在办公桌后边做这件事了。我又去查"什么叫成年人",第一条链接呈紫色,看来以前也查过。

我看了一眼散落在桌上的卡片。天哪,闭嘴,我想说,你们可太有意思,太让人受不了了。用来贬抑职业女性——用来贬抑所有女性的——不也是这套说辞吗?而我想对一部词典的词条说这些。因为胆怯,因为憎恶。

天哪!闭嘴!你可太!有意思!太让人!受不了了!我也是这样想皮普的,因为胆怯,因为爱。

这些想法从哪儿来?

我拿起两张卡片。眯起眼看。

写有捏造词的卡片,字迹都来自一种不寻常的钢笔。当然,其他卡片上的笔迹并不雷同:上千张

[①] ADHD 是 "attention deficit and hyperactivity disorder" 的缩写,意为注意缺陷与多动障碍。

索引卡由几百双手写就。但那些字迹一律潦草地划过纸面，装饰有同样的线条。然而这个撰写假词条的人使用的似乎是一种截然不同的笔尖。

有人敲了敲办公室的墙。

像阳光，像震颤，像世上离躁怒最远的事物，皮普从门口探进头来。

L 代表 legerdemain〈名〉障眼法〈形〉[①]

索菲娅的伞拍在温斯沃思耳朵上。他向侧面一滚,松开鹈鹕,仰躺着,微微喘息。

"它呛住了。"索菲娅说,她的呼吸也有些急促,半跪在他身边的草地上,盯着歪向他左边的鸟。二人一鸟像摔跤似的扭在一起,索菲娅一只手抵着鹈鹕的面颊,一只手沿着它的脖子捋下去。

温斯沃思挣扎着坐直了。

"你看——"索菲娅说。温斯沃思看见,鹈鹕喉咙的皮肤底下,有一样东西急促地跳动,节奏与脉搏不同。离得近了,他还看出这只鹈鹕眼珠暴

[①] 此处疑为词性活用。

突出来。

"我想扳开——"索菲娅喘着粗气说,"扳开它的喙——把胳膊伸进去拨动——"

鹈鹕突然向前一探,一尺长的鸟喙像三角帆一样戳来。温斯沃思和索菲娅在千钧一发之际跳开。

看热闹的母亲和小孩已经不见踪影。

"刚才看起来像是你掐着鹈鹕的脖子。"温斯沃思说,"我以为它在袭击你。"

"它学过巴顿术①。"索菲娅说,好像能解释清楚似的。她抬起手腕蹭开粘在眼前的头发。她没发现自己流血了,或者她并不在意。"你有力气把它放倒吗?"

"当然有。"温斯沃思撒谎。

"我仍然觉得,"她咬着唇盘算,"能把卡在里面的东西撬下来——只要它不像现在这样乱动——"

"当然可以。"温斯沃思底气更加不足地重复道。半人高的鹈鹕庞大的身形骤然一收,脖子垂下来,头左右摇摆着。温斯沃思脱下外套,把里衬对着鹈鹕,慢慢接近,全身绷紧。

---

① 一种结合了拳击、柔术、棒术、法式踢拳的混合武术。

"像个——像个斗牛士。"他不知道自己为什么说起这个。

"'手脚轻捷的斗牛士。'"索菲娅援引诗句,显然是自己说笑。她露出一抹灿烂的笑意。温斯沃思的心乱作一团。

鹈鹕抓住时机,随意发起一阵慌乱的伴攻,然后飞速冲过他身边,仿佛想助跑起飞。温斯沃思在鹈鹕腾跃的同一刻跃起——他凭直觉用外套罩住鹈鹕的翅膀根,与它一起栽倒在草地上翻滚。

"好了!"他高喊道。

鹈鹕还在顽强地反击,连拍带戳,他拉起外套的衣袖系紧。鸟喙下的喉囊触感柔软而温热。温斯沃思坐起身,更用力地将鹈鹕制伏,用膝盖牢牢压住,紧紧地裹在外套里,鹈鹕的脖子抻得笔直,像一只马头杆。安静多了,力气也小多了。它的眼神平静下来,再次与温斯沃思对视。温斯沃思移开视线。

他咳嗽了几声,掩盖自己急促的呼吸。"它还太——别离它的喙太近。"他提醒,"它有点——神经质,我觉得——有点暴躁,很难保证它不会挖出你的眼睛。"

一群鹅从公园的别处聚了过来，这时候正高声鸣叫或咝咝地呼气，抒发对这场骚乱的反感。一只鹅凑到温斯沃思身边，脑袋在温斯沃思手臂上敲了一记，温斯沃思的反应更多出自偶然而非故意，他抬手，把鹈鹕的喙啪地抽在鹅脸上。鹅直吐舌头，哀鸣着退开了。

"人都上哪里去了？这座公园向来人来人往——"

索菲娅撑开黄色雨伞，慢慢靠近。"我敢说，只要你把这只鸟固定在这儿不动——"

鹈鹕发出一声含混窒息的呜咽，头向后仰着垂下，嘴巴大张。喉囊从里到外翻出，与脊椎弯成钝角。这姿势不可思议，像身体内部的炸裂。一蓬染血的羽毛摩挲温斯沃思的脖子。片刻的触感里他感到一阵柔情。他觉得可怕。

索菲娅双手握住鸟喙，见没有遇到阻力，便把喙上下分开。她向鹈鹕的喉咙里看去。

"什么——什么也看不见，"她说，"但是——很难说——"

鹈鹕呆卧着，但没有断气。温斯沃思的胸前传来浅浅的震颤。

"你看见它吞下什么东西了吗？"他问。鹈鹕厚实的脚掌一下一下地轻轻向外蹬。

"它走路的姿势很奇怪。"索菲娅捧着鹈鹕的脑袋左右转动，眯起眼端详。"很明显，它——你看，很明显呼吸不到空气。"她补了一句，"不知道像你刚才那样打它，会不会有用——"

鹅群里几只勇敢的成员又用叫声发起了一轮突袭，被她用雨伞赶开。

"恐怕不会。"温斯沃思拎起鹈鹕抵在胸口侧面，像抱着一支风笛。"或者——也许最好——"飘过一段想象：把鸟头夹在胳膊底下，一扭，鹈鹕软绵绵地耷拉下来，结束。鹈鹕又一次与他对视。半透明的紫色眼睑在它的视野外缘滑动。

"有了。"索菲娅的面孔因喜悦而发光，"有丝带吗？或者——我可以解你一根鞋带吗？"她不待回答，就开始抽他的牛津鞋鞋带。鹅和鸭嘎嘎地嘲笑他。他把胸前的鹈鹕按得更紧了些。索菲娅不满地喷了一声。肾上腺素使得手指的动作变得粗疏。温斯沃思感到鞋子一松，索菲娅迅速把鞋带一圈圈地紧紧缠上鹈鹕的脖子。她的脸离他很近，中间只有一只鹈鹕，和从未闻见过的鹈鹕气味。

"这个能用吗？"索菲娅说。

他的外套裹着鹈鹕，围着肚子露出一圈衬里，她摸索着，拨弄着里面的一样东西——他放在口袋里的斯万斯比宅空心金属钢笔。她抽出那支笔，在手里转动。不对，不是转动。是掰弯。钢笔折断了，隐约传来"啪"的一声。

索菲娅一手握住鹈鹕的喙，一手探进它的喉咙。摸到了它的锁骨。鹈鹕大约一定是没有锁骨的。她把半截钢笔扎进鹈鹕的喉咙。

一阵响亮的嘶嘶放气声——鹈鹕在温斯沃思手里鼓胀起来，片刻后，两人都听见它深深地吞了一口气。

鹅群咔嗒咔嗒地咂嘴，粗声嘲笑。

鹈鹕、男人和女人大口喘气。

"你常来这里吗？"温斯沃思问。

M 代表 mendaciloquence〈名〉高明的谎言

"我来帮你。"皮普简单地说。

她从我桌上的索引卡堆里拉出一篮,放到面前。

直截了当是她的天赋,也是我爱上她的理由之一。皮普往往是行动派。行动往往胜过语言。我则是焦虑派。"你怎么进来的?"

"门开着,我跟你讲,见到你那老板,我要给他灌上一耳朵的安保须知。你们不是该摆出守城的阵仗了吗?等着一大车恐同人不知什么时候冲进门来?"

"那咖啡馆——"

"让他们在门口对着"**暂 停 营 业**"牌子琢磨去吧。"皮普说。她环视我的办公室,寻觅座机。

"那些电话是打到这里的?"

"没事了。"我说,"你真要待在这儿?"

"你拦我呀。"她拥抱我。意味胜过语言。

"你真的该回去。"我用权威的语气说。我站起来,回抱她。

我们在桌旁进入了工作流程,皮普坐在窗台上,我坐在椅子上,分头寻找词义索引卡上那个给 i 加横、给 t 打点的独特笔迹。皮普从咖啡馆给我带了午餐,时间在忙碌乏味的沉默里流逝。

一小时过后,皮普一边发出暴躁的"啧啧",一边翻动一卷《斯万斯比词典》。

"我刚才盯着'拍'这个字足有五分钟,一点儿也没看进去。"

我完全懂她。眼睛和大脑切断了一切有意义的连接,再平凡的单词也要使劲集中注意力认出来。注视太久,卡片上一行行笔迹仿佛开始波动。

"我觉得'拍'可以安全跳过。"我说。

"拍,走开。"她扬起手,那张卡飞过桌面,落在渐渐垒起的卡片堆上。至于被"捕获"的虚构词,我们准备装在一只信封里。

"《词语：你认识吗？》"

"我谢谢你。"我说，"我不明白大卫的思路，他似乎觉得我有办法判断是不是找出了混进这本词典的每一个假词。不过，两颗头脑总比一颗强。"

"不是逗我吧？荣幸之至。"她说。

"当然不是。"

"可不能让你一个人钻研拼字比赛；等到我们玩拼字板，你用这些词占便宜怎么办？"

她不用说出来，我就听出了她转移话题的意图。我告诉她在办公室接到恐吓电话那天，她对我讲了她有多担心，因为帮不上忙而有多痛苦。那时候我调侃说不要紧，但现在知道有她在旁边，那部电话顿时没有那么狰狞了。

"我记得我们从没玩过拼字板。"我说。我看见未来的皮普——已经不像皮普的模样，腰只被年纪稍稍压弯了一点，腿上盖着一张格子呢毯，坐在我对面，眯起眼看游戏棋子。一样的笑容，一样的发型，发色灰了一点儿。在众多未来之中我们将去往何处，那时我们会用什么样的词形容彼此？

"人总要有梦，对吧。"皮普说。她拾起另一叠索引卡片，哀叹一声。"老天爷，我发现了一大群鹅鹈鹕。鹈鹕在哪门语言里也不需要这么多种含义。请听——"皮普一张张地念下去，把读过的卡片拍在桌上。"鹈鹕〈名〉，意料之中——只不过，释义详尽得要命，我不是很想知道它们的眼球像人。写得也不怎么高明：我猜那家伙想说的是像人的眼球。"

"斯万斯比词典不以语句精准见长。"我提醒她。

"好吧，也对，虽然有点勉强，然后，然后！鹈鹕还是个动词，意思是作鹈鹕状。"皮普鹈鹕了一下，凸显她的重音，"这我也能接受，我大概能想象这个词派上用场，但是，看！鹈鹕〈名〉还有第二种含义，'一种两端有弯管的蒸馏器'。"

她怒气冲冲地看着我。"又不怪我！"我说。

"首先，蒸馏器是个什么玩意儿？烧杯？"她更沉重地叹了一声，"是个双关吗。不用回答我——还有！消化完这个，哇哦，鹈鹕还有名词释义三：'一种长柄的拔牙工具。'"

"英语是一块繁复的织锦。"我说，"分辨你需要的是哪一个义项，只有指望上下文。"

"这里面肯定有一个是瞎编的。"她抗议。

我遗憾地把手机朝她晃了晃。"你念的时候，我作了交叉比对。"我说，"像是真的。"我给她看从前的烧杯和拔牙钳。

皮普靠过来,装出生气的模样与我击掌。这是我三年的实习生涯里,这间办公室里响起过最鲜活〈形〉的声音。"搞定了一个,还剩其他所有的。"

皮普又鹈鹕了一次,吞下词和怒气。"没有比知识更烦人的东西了。下一个:匹莱克瓮。"

"匹莱克瓮查过了。"

"一旦知道这里面有些东西是编出来的,"皮普把索引卡抛过房间,"整部词典就成了一个——我不知道该叫它什么。"

"我知道。"

"妄想名录。"

大卫找我谈话以后,我发短信给皮普讲了山鼬的故事。纯粹是想发牢骚。她把山鼬比作咖啡店里那种自信到难以容忍的顾客,吐出一串乱糟糟的咖啡术语,指望店员拿他们当回事。一份中杯软包装半黄豆全奶泡拿铁奶盖湿咖啡,带走,谢谢。皮普额外补充道,外卖咖啡杯上裹的那条纸壳叫作 zarf。我回了她一个震惊的表情。

现在我们面对面时,我重新拾起这个话头。"我知道有一个绝对不存在的词。"

"正式名字就叫这个。"皮普说。

"没人知道,就不算正式。"

"你知道,而且再也忘不掉了。就像我的正式名字叫菲利帕。"她做了个鬼脸。

"很好听。"

"意思是爱马的人。你想想。"

"我不想。皮普更像你。"我说。她越过桌子吻我的脸颊,轻而短促地嗞了一声。

又翻检了半小时的索引卡片,她向后一仰。"我把能想到的脏话都查了,还学到好多 J 开头的词。"

我揉了揉眼。"或许有更系统一点的找法。"

"你会加什么词进去?"皮普问。不知道她听没听我讲话。不知道我有没有责怪她。"有没有什么东西,你一直希望能有个词来形容?这句话的语法不太对头。"她补充道,"我脑袋烧煳了。"

"'不稳定无产者'[①]得到关注的时候,我很开心。"我说,"这个词精准地填上了一处空白。"

"同意,"皮普说,"但是把现成的词拼起来,有点作弊。混合词。魂——和——瓷[②]。天哪,该有一

[①] 原文为 precariat。
[②] 此处为对前词拉长音节、故意混淆发音后的戏谑语气。

个词来形容那些胡说的话。"

"胡话。"我说。

皮普拿起一张索引卡瞄准我的脑袋。

"你能感觉出那人的轮廓吗?"皮普问,"我是说,从他加进来的那些词里,能感觉到他对什么事情格外感兴趣吗?我刚读完一个长长的条目,写的都是国际象棋,我怀疑作者对这个爱好钻研得相当深。"

"有收获吗?"我心不在焉地问。我把两张索引卡举起来迎着窗口,盯着笔迹,指望看出一些端倪。

皮普活动着肩膀,高声朗读。"十四世纪,这项运动产生了一个新变种,其特征是为每只兵卒[1]赋予一种特别的使命。"

"好玩。"我边按手机边说。

"还有呢。假如我没认错这人的笔迹,'如康斯坦丁·马科夫斯基[2]的画作所绘,伊凡雷帝[3]去世时,正在下国际象棋'。到底为什么会有人觉得,国际象棋词条有必要收录这样的细节?"

---

[1] 原文为 pawn,国际象棋里的士兵。
[2] Konstantin Makovsky (1839—1915),俄国肖像画、历史画画家。
[3] 即俄国沙皇伊凡四世,于 1547—1584 年在位,因其残暴的统治手段,被称为"伊凡雷帝"。

"互联网似乎认为他说得一点没错。"

皮普敲打着桌面。"写这个的人一定很无聊。我猜这里面一定有他为了打发时间而炮制的专门形容各种无聊的词。"我向着面前的一卷又一卷《斯万斯比词典》挥挥手,示意她自便。"那么——大卫找出来的那些呢?形容穿过蜘蛛网,还有着火的驴子之类的?"

"驴子着火的气味。"我更正。

"总有什么东西是他感兴趣的。"

天花板上的某一处传来一阵清晰的疾跑声。一片墙灰飘落,径直掉进皮普给我带来的咖啡里。薄薄的一片,形状像幽灵岛[①]。

"快塌了。"皮普说,"楼上是老鼠吗?"

"即使真的要塌,大卫恐怕也没办法。他连维持这地方运转的钱都凑不齐,大约不会再掏腰包买老鼠夹子了。"

"说不定是幽灵。"皮普开心地说。

"让它们也像我们一样付房租吧。"

皮普回到桌前。"Chess(国际象棋),chess-apple

---

① 原文为 Hy-Brasil,是神话中位于爱尔兰海岸的神秘岛屿。

(象棋花楸),chess-board(象棋界),chessdom(象棋之家),chessel(奶酪模)。我恨按字母顺序排列。"她说。

"欢迎来到我的世界。Chessel 是什么?"

"据它说,是做奶酪的模具。"

"挺好。"

"词典应该换个顺序,先是名词,再是动词,然后是心情,再然后——是地理方位。大概吧。闭嘴。"

"我没——"

"我在和幽灵鼠说话。"工作到了这个地步,我们大概都发了词语疯。

"我以前的一个教授对我说,"我按摩着太阳穴说,"老鼠是最早的档案学家。把古书和手稿上的内容一条条地撕下来,带回洞里。"

"老鼠住的是洞吗?还是窝?"

"松鼠住的才叫窝。"我不太肯定地说。

"松鼠比老鼠更适合当动词。"皮普说,"可惜不管楼上是松鼠还是老鼠,那只名字难听的猫都派不上用场。谁都不好好干活儿!"

我们又读了一阵。

"有一次你和我讲过,这里的楼猫是一代代传下来的。"皮普说。

"我是这么听说的。"我因为她一再的打断而有点恼火了:她还没有习惯密集滤词时所需的那种让大脑起褶的寂静,与这样的人待在一起,很难集中注意力。"很多,有一大堆。"

"你想说一大群吧。"

"这不是重点。"

"如果以前这里就有好多猫,不知道那人得到什么灵感没有。"皮普说,"言为心声,之类的。知道才能定义。"

我将信将疑地对她比了个大拇指,重新沉入堆积如山的索引卡里。

N 代表 nab〈动〉抓获

把鹈鹕事件移交给经验丰富的公园管理员以后,索菲娅立即挽起温斯沃思的手臂,迈出公园门。"以希波克拉底的名义,我要摄入些长条泡芙与热茶,免得下午更加辛苦。"

温斯沃思立即忘了附近的去处,大脑倾斜颤抖。索菲娅似乎没有察觉——在他踟蹰不前、沿着指南针的刻度茫然环顾四方时,她仔细检视着衣袖上的血迹。她毫不迟疑地迈步,温斯沃思回过神来,发现两人正在逛附近街上的店铺与摊位,寻找合适的披肩。他不习惯这样悠闲地购物,而她与店主闲聊,用指尖摩挲布料的触感,听他们吹捧各种布料的优点,满怀兴趣地点头。索菲娅买下了一条新披肩。

她随即宣布接下来要去文具店看一看。她挽住他的臂弯，片刻后，温斯沃思走出蓓尔美尔街，心脏上方的衣袋里装着一瓶鹈鹕牌印度墨水和一支银色钢笔。

"是给你的礼物，收下吧，别不好意思！"索菲娅看着他扭捏耸动的肩膀，笑着说，"何况你是为一项高尚的使命，牺牲了你的斯万斯比钢笔。我原本就该赔你一支新的。"

他说他真的该回去工作了。他边说边进出一阵轻轻的咳嗽，仿佛身体抗拒开口。索菲娅把披肩裹紧，遮住涂抹得更明显的鹈鹕血迹。"再等一小时，词典不会介意的。而且，"她走快了些，"受到惊吓以后，找一处安静的地方坐下，对人有好处。"

温斯沃思想起书写厅里他被阿普尔顿和比勒费尔德夹击的位置。

"喝些热饮，吃点甜品。"索菲娅说。

摊满资料的桌子。"我可不敢违背你的医嘱，尤其是见你治疗上一位病患以后。除非穿一身铠甲。"他模仿着胸膛鼓起的鹈鹕那殉道般庄严的步态，像蹒跚的圣塞巴斯蒂安[①]。

[①] 古罗马的天主教圣徒。

"你说什么，我可是一点也听不懂。"索菲娅说，"这么说吧，你恐怕要向我解释清楚。找个暖和的地方仔细说一说？"

他感觉挽着他的手臂微微贴紧了。

舞文咖啡馆是他们走在去白厅方向的小路时，索菲娅一时兴起选中的。这家咖啡馆邻近斯万斯比宅，但温斯沃思并没有见过它，更有可能的是，他认定自己不会是这里的顾客，每每路过时都忽视了它。店里的桌布厚得像糖霜，糖钵配有一对装饰繁复的银钳。引座时，店主在索菲娅眉毛上方的伤口上敷了些蛋糕粉。他们被领到窗边落座，面前旋即摆上各式小蛋糕、小面包和甜点叉。

"在我的家乡，"索菲娅转动盘子，端详精致的千层甜点，"这叫作拿破仑蛋糕。"

"长得和他不像。"温斯沃思用叉子摆弄他盘子里的长条泡芙。

"很不错。"索菲娅说，他眉开眼笑。她用叉齿轻轻触碰蛋糕侧面，为奶油和薄酥皮的地层计数。指尖抹去沾在嘴角的一丝糖粉。温斯沃思向前倾了倾，预备及时捕捉她说出的词语，但她游走的思绪似乎在同一刻逸散了。她把茶杯凑近唇边,温斯沃思徒劳地望着一张被花卉瓷器半掩的面庞。制造商在茶杯底留下了手绘的名字:**利摩日,哈维兰公司。**

他想把眼前的情景不差分毫地刻在记忆里。咖啡馆里的每一个细节此刻都意义非凡,因为有索菲娅在。窗幔阴影的角度,糖钵里多面结晶体的数目。椅子的布置与其他客人的坐姿忽然至关重要。进门时铃声的确切音高是一项关键细节,要珍重地记下,保管在只有自己知道的地方。

温斯沃思想,或许这就是百科全书词典编纂者的爱情——像个求全主义者,把偶然当作事实仔细囤积。其实那些细节他一点也不喜欢:他想把那只挡在两人之间的茶杯掼在地上——见鬼去吧,该死的利摩日窑!——但他盼望自己认得杯面上那朵叶片弯弯的蓝花。倘若知道那种花的名字,他就会冲进离他最近的花店,把它一捧一捧地抱回去,摆满他的住处,大大小小的花束堆到房梁。他想吞下每一处细节,彻底沐浴在咖啡馆的气息里,隔绝一切胆敢接近他的陌生光线。

索菲娅仍然饶有兴致地盯着蛋糕。

"你看,这些细密的分层,象征拿破仑的大军。

而这里——"她耙过蛋糕表面,叉齿下的酥皮微微凹陷,"这里代表俄国的雪。法军被雪困住,无力推进,科西嘉矮子的军队没有抵达莫斯科就落败了。"

"给鹈鹕做手术,用蛋糕讲军事史——你是一位解剖专家。"

"这种蛋糕,"索菲娅问道,"你怎么称呼它?"

温斯沃思试图展露诗才。未果。"蛋奶糕片。"

索菲娅点点头,仿佛是赞许。她从蛋糕上切下一小块。

如此柔和,如此往复言谈,让温斯沃思很不习惯。一切都莫名其妙。哪怕疯帽匠①从另一桌走过来坐下,卡罗尔笔下的睡鼠忽然掀开糖罐盖子,大谈捕鼠器、记忆和差不多的东西,哪怕其他客人忽然张开他们的天使光环和竖琴,温斯沃思也不会吃惊。他最担心的是忘了该怎么使用餐具。

"蛋奶糕片,有一定的实用主义。"索菲娅说,"这就是它的术语吗?一个现成的词,严丝合缝,却稍嫌枯燥。"她望向窗外经过白厅的人流。温斯沃思认出她的视线在路人间随机跳跃。这也是他会用的

---

① 刘易斯·卡罗尔所著《爱丽丝梦游仙境》中的人物。

办法，寻觅恰当的词，引诱词语从脑海中被遗忘的角落现身。她再度开口时，语气缓慢，字斟句酌。"实用主义加古板加造作与笨拙，叫作什么？"

我。温斯沃思险些脱口而出。他觉得醉了。她醉了吗？太可怕。太美妙。她在说什么，是他起的话头吗？难道这才是交谈应有的模样？本该如此，自始至终？交谈，没有意义，美妙且骇人。

"聊聊你的工作吧。"索菲娅说，"你一向喜欢语言？"

"假如不是，你介意吗？"温斯沃思说，"请你原谅：我不太擅长说自己的事。"

索菲娅挑眉。"这样的人我很欣赏。"

"我更想听一听你的故事。"他说。

"没什么可讲给你听的。"她答得莫名其妙，但温斯沃思凝神盯住面前的甜点，试图表露喜悦。她似乎对自己的回答很满意。但愿自己没有引起僵局。

"并且，私下和你讲，我可不想再听那么多《斯万斯比词典》的事了。你知道为了昨晚的聚会，我要记下多少人名吗？最后，按字母顺序才把他们理清：A 是坐立不安的阿普尔顿，B 是不懂闭嘴的比勒费尔德，C 是四处掺和的科廷厄姆双胞胎。"索菲娅扳着手指数道,"E是个空隙,但接下来当然就是弗雷欣,以及他的跟屁虫,咯咯笑的格洛索普——"

"这样说太让他们丢脸了。"温斯沃思着迷地说。

"我不该毁谤这部优秀的词典。祝它早日出版。你会下象棋吗?"索菲娅伸手取过一块卡纳蕾。

"不会,但我愿意学。"交谈之有意义且美妙至极,恰在于如果对话的不是这两个人,就丧失了全部意义。交谈之骇人,在于用某种特殊的空无——一种包罗万象的无所事事——率性自然地把寂静填满?

索菲娅微笑着看他。"我可以教你!你知道吗,我梦见你住在心仪的康沃尔乡间小屋。"温斯沃思手里的叉子一弯,从盘子上弹开。"我去拜访你,我们两个在下棋。"

"听起来——那可真——"他开口,但被她打断了。

"并且,我想,象棋用语你一定喜欢。"她说,"你听说过迫移吗?"

"迫移。"温斯沃思重复道,没有咬舌。只要她愿意,这就是他从此刻起最爱的词。

"是不是很迷人?说的是棋手被迫行一步不利于自己的棋。词很棒,气氛很吓人。像谎言被当场拆穿。"

爱〈动〉用糖霜与药草,或用未被拆穿的流利谎言填满一处虚空。

"我承认,我对象棋几乎一窍不通。"他说。

"有许多好词值得一学。"

"比将军与和棋丰富太多的话,恐怕我就力不能及了。"

"我有许多内容可教给你。"她说,"当然,这些用语随潮流而变。你知道吗,从前有一段时间,对方王后可以被攻击时,棋手要宣布拱卫[1],或者打吃[2]?但这样的示警如今不流行了。于你,这样是有风度的。"

温斯沃思很想对索菲娅说,因为害怕自己像白痴一样,他已经忘记了头痛。他只想告诉她,此刻他渴望余生都做一个惴惴不安的白痴,希望一生里尽是这样无意义的瞬间,一瞬接着一瞬,直至永远。

他们桌旁的窗户传来"砰"的一声巨响。温斯

---

[1] 国际象棋中袭击对方皇后时的警告用语。
[2] 死棋处可能被吃掉的位置上的棋子。

沃思的战－逃－僵反应同时激发，他握紧桌子，银器叮当乱响。

特伦斯·克洛维斯·弗雷欣在窗外挥手。他又叩了叩玻璃，扬起手杖，咧嘴笑着，露出一口白牙。

索菲娅蓦地一惊，随即摆出笑容。

"多么惊人的巧遇。"她说。

弗雷欣大步踏进咖啡馆，趾高气扬，门上的铃铛在系绳上翻飞。他挥手示意店主不必招待，摘下帽子，紧贴着温斯沃思的餐盘放在桌上。

"索菲娅！"他把脸凑过去，亲吻她耳朵上方的空气。温斯沃思移开视线。弗雷欣在这家咖啡馆里是个身姿过于挺拔的庞然大物。他从另一桌拉来一把椅子，叉开腿坐下。他抬起一只手，手指拂过精心修剪的红褐色髭须，仿佛在酝酿一个哈欠，或者做脸部按摩。温斯沃思已经忘记了他还有这般举动。这动作让他感到一种难以言明的厌恶。"温斯沃思也在！怎么回事，老兄，上班时间！喝茶，吃甜点，陪别人的未婚妻——你这个魔鬼！"

索菲娅、弗雷欣和温斯沃思齐声嘲笑这个念头。啊哈，啊哈。

"话说回来,"弗雷欣一手拍上温斯沃思的肩,"我说,老兄。你不是要赶火车吗?"

"不好意思,你说什么?"

"当然,我无意打破你们愉快的二人世界。只不过,"弗雷欣凑近看他的未婚妻,脸色变了,"我的老天爷,你脸上怎么沾了这么多灰?"他擦擦索菲娅眼睛上方的蛋糕粉。"这副模样真滑稽。温斯沃思,你怎么没告诉她呢?"

"是为了遮伤口——"

"伤口!"弗雷欣捧着索菲娅的下颌,端详着,露出一点忧色,又哂笑道,"你这是做什么?吃得这么丰盛。明知道今晚我们要一起用餐,还吃这些甜点,而且——怎么,打了一架?还没忘了把温斯沃思这样的小伙子引入歧途?"

"你刚才说——什么火车?"温斯沃思试图插话。也许是他理解错了。与此同时他意识到,见到弗雷欣的那一刻,咬舌自动冒了出来。不知道索菲娅察觉没有。不知道如果他遣词足够谨慎,能不能在弗雷欣的听力范围内规避所有以 S 开头的词。

"这条披肩又是怎么回事?"弗雷欣故作惊慌地退开一臂之外看着她。"亲爱的,这东西太丑,太丑了！我成了和流浪女子订婚的人了。"

"温斯沃思先生和我刚才在为保护伦敦的野生鸟类尽力。"她说。

"当然，当然。"弗雷欣说。他松开手，索菲娅的下巴轻轻扬起。温斯沃思假装专注地摆弄餐巾，脑袋里却想着，弗雷欣的手指轻轻搭在索菲娅的膝上。

"我该回去了。"温斯沃思再度开口，稍稍提高了音量。

"对，"弗雷欣说，"没错。老杰罗夫正在书写厅里找你呢。"

"找我？"从来没人找过温斯沃思。一定搞错了。

"你一定要留下！一定！"索菲娅抗议道，"今天的事，我要有人作证和解释才行。"

温斯沃思颠三倒四地开口。"我只不过——碰巧而已，遇见这位——这位——"他尽量忽略索菲娅听见他咬舌时饶有兴味的目光。"我——实在失礼，"他说，"抱歉，我才意识到，我还不知道您姓——"

"斯利夫科夫娜。"弗雷欣说。

"不错。"索菲娅说。

"不久就姓弗雷欣了。"弗雷欣说。

"斯利夫科夫娜。"索菲娅说，伸出一只手搭在温斯沃思衣袖上[1]。

"索菲娅恐怕在拿你寻开心。"她的未婚夫说,"让咬舌的人念这个名字!"温斯沃思想象他捏起一根长条泡芙,拧进弗雷欣的耳朵眼。"脑子转得真快!我答应了今天下午带她逛大英博物馆,晚上看戏,再到我的俱乐部附近吃晚餐,只为了消耗她的精力:只一半的安排不够她的活力。"

"温斯沃思先生,您叫什么名字?"索菲娅·斯利夫科夫娜问,"我记得是 P 开头……"

她连你叫什么名字都不知道。称名意味着知晓。

"'退缩'的 wince。"弗雷欣笑道。他握着索菲娅的叉子,从温斯沃思的甜点上挖下一块。

"我觉得'惊讶'更恰当。"温斯沃思说。

"'狼狈'的 worth。"弗雷欣咬着舌头说。他用手掌把小胡子向上推,像变戏法似的,把笑容藏在手底下,悄悄递到脸上。他把手放下来,好兄弟似的搭在温斯沃思胳膊上。弗雷欣成了温斯沃思衬衫与索菲娅裙子之间的导体。

"您的未婚妻或许看得出,现在不是我状态最好

---

[1] 衣袖"sleeve"与"斯利夫科夫娜(Slivkovna)"的开头发音相近。

的时候。"温斯沃思说。

"惊讶而庄严。"索菲娅再度望向窗外,平静地引用道。

弗雷欣的手搭着温斯沃思的肩不放。"而且——抱歉,我打扰你们了——说来听听,你们两个今天做什么去了?刚才,不在书写厅的时候?"

"是这样称呼的吗?"索菲娅转过头看弗雷欣,"书写厅。你们就是在那里,像用玻璃板压住蜘蛛一样,困住诗人的语言?"

对话现在是相互格挡,留心假动作。Love〈名〉,在网球比赛中意为一局或一盘中没有得分。词源众说纷纭,其中较受认可却仍属于推测的源头,是法语中的 *l'œuf*,因为计分板上的零形似一颗蛋。

温斯沃思尝试与索菲娅对视。

温斯沃思没能与索菲娅对视。

"你的雨伞到哪儿去了?"弗雷欣问,"那把傻乎乎的黄伞。"

"我准是——准是落在公园了。说来话长——有只鸟,我打了你的朋友,然后我们——"弗雷欣纵声大笑,让洪亮的笑声成为对话的焦点。他很适合大笑。笑容让他显得更年轻了。他坐姿放松,正像一个刚刚放声笑过的青年。

温斯沃思问索菲娅:"疼得厉害吗?你的眼睛。"

她摸了摸额头一侧。"一点也不疼。我已经忘记这回事了。"

"斯利夫科夫娜小姐是用比我更坚实的材质做成的。"温斯沃思说。他知道这是一句弗雷欣会在缭绕的烟雾里吐出的台词,从他嘴里说出来却像批评,或者对家畜的评判。他的脸又红到了发根。舞文咖啡馆的天花板仿佛离头皮近了一英尺,四壁向内弯折。他全神贯注地盯着茶匙上的金属涡纹。

"我刚才在想,"弗雷欣看着他说,"你还是很机敏的嘛。真没想到。"

"特伦斯——"索菲娅说。

"昨晚的聚会,"弗雷欣叠起双手放在腿上,向后一仰。他细看温斯沃思的面孔,语气仿佛在分享趣闻,目光却很凌厉。"你的兴致可真浓啊,不是吗?轻啜,豪饮,大快朵颐——看来是我忘记了,成日里从一本书上查词再抄到另一本书上,能让我的同事如此饥渴。"

温斯沃思回到了俱乐部大厅,回到了盆栽植物和声音刺耳的同事中间,面对面和索菲娅讲话,挨得太近了。他说了什么？他低头看，发现自己的双手无意间握成了拳头。

"或许现在的时机合适，请容我为昨晚的行为道歉。"温斯沃思对着一只茶匙说。他膨胀变形的倒影从桌子对面盯着他。伸出鹅鹕颈。他把勺子翻过来，但反面摊开的影子长下巴，凸眼珠，比先前更骇人。索菲娅和弗雷欣都看着他。无人注意的一生，今天却遇上这一出。他推开茶匙——茶匙以一个诡异的倾角撞上茶杯，他没喝完的茶泼了出来，顺着桌布流开。温斯沃思把椅子向后一蹭。咖啡馆里其他并非天使的顾客在瓷器和金属的刺耳齐奏里停下动作，环视四周，寻找噪音的源头。

"不必，你无须道歉。"索菲娅说，"特伦斯的诸位朋友在他的生日会上如此尽兴，是一件乐事。"她用餐巾阻住茶水的急流，订婚戒指锐利的反光刺进温斯沃思眼里。"说起来，我反而觉得特伦斯应当向你道歉。在聚会上我就这样想了，而现在正是说出口的最好时机：我觉得你绝对不该拿温斯沃思的咬舌开那样的玩笑。"索菲娅转过头看温斯沃思，"其实，我们说话的时候，我根本没注意到你的咬舌。"

弗雷欣偏过头。

"温斯沃思先生明天和我们同来吗,特伦斯?"索菲娅问。

"明天?"

弗雷欣打了个哈欠。"哦,那个啊。也许你听说了,明天晚上为了给斯万斯比宅的金库募集资金,我们又要办一场小小的晚会。这一次,会更加——啊!这么说吧,更加亲密。"

索菲娅探身向前。"特伦斯动用他的关系,在禁忌密室开一场私密晚宴!你能想象吗:这可是全伦敦——全欧洲最放荡的场所!"

弗雷欣直冲他笑了笑,至少在温斯沃思看来是如此。"你不知道,我亲爱的索菲娅对小众艺术颇有心得。她有许多藏品呢。"

"别拿我寻开心了。"温斯沃思说。

"我可不能!可怜的温斯沃思,对什么都不会感到震惊,你知道索菲娅有一套叶卡捷琳娜大帝收藏过的棋子吗?非常恶心,非常迷人。她希望能在禁忌密室里展出。"

"你听说过普希金宫吗?"索菲娅问,优雅地用叉子侧面摆弄甜点,"金质门把手做成阴茎的形状,桌腿的隆起——"

"多么华而不实。"温斯沃思说。

"我看他听得有点难受了。"弗雷欣愉快地说,"最好别告诉他那副棋子里的象、车、马都是什么造型!"

"一颗卒子就值七百镑。"索菲娅说。

"有这笔钱,你就不必困在办公桌旁边了,是吧,老古董。"弗雷欣说。

"请——请别这么称呼我。"

"老古董老古董老古董。"弗雷欣说,"聊起纯金的文物,还有什么更恰当的绰号呢?说真的,温斯沃思,你是个俗人!"

"七百镑是一笔值得称道的财富。"索菲娅边说边观察温斯沃思的表情。房间里的空气仿佛抽干了,灯光亮得刺眼。

"我——我真的该走了。"温斯沃思说,"祝你们在伦敦过得愉快。"

弗雷欣也站起来,手又搭上温斯沃思的肩。"对了!我一直没把话拉回来——你倒提醒我了!来这儿的路上我去办公室看了一眼,老斯万斯比到处找你,嘴里抱怨个不停。这会儿你该在出差的路上了,老哥!好像是火车?"

索菲娅也站起身来。

温斯沃思盯着弗雷欣。他明白这人在撒谎,但还没搞清这出戏为的是什么。

"因为谁都知道,那些意思不大的差事,找温斯沃思准没错。"弗雷欣接着说,"开玩笑的,老哥。可是说实在的,真不敢相信我把这事忘了!更要紧的是,真不敢相信你也忘了。彼得,总而言之,幸亏在这里逮住你了。你最好快点赶车去吧!"

"去哪儿——哪班火车?"

"去巴京[①]。"弗雷欣毫不迟疑地说。

"巴京。"温斯沃思重复道。

"巴京?"索菲娅的目光在两人之间跳跃。

"对,对,巴京。你猜怎么着——我还给你省了回书写厅取车票的麻烦。"弗雷欣忽然变出几枚硬币,攥着温斯沃思的手让他握住,一边往咖啡馆门口走,一边暗暗地推他。温斯沃思今天的每一餐都是蛋糕,这时候的脉搏和视线都隐隐受了影响。他脚下不太稳,不知是因为糖分还是怒气——弗雷欣竟然以为用如此拙劣的谎言就能把他支走。

[①] 伦敦东部不远处的一座小镇。原词为"Barking",作名词时意为"狗吠",作形容词时意为"疯狂,精神失常"。

"巴京?"温斯沃思盯着钱,又问了一遍。

"巴京!"弗雷欣的语气含着热情与微妙的妒忌,仿佛不敢相信温斯沃思有这么好的运气,"杰罗夫想让你去厘清这个地名,或者是它的,那个什么,形容词词义的含混之处。就是那种:温斯沃思胡言乱语,绝对是疯了。杰罗夫似乎觉得,值得派你去调查这个地名和它的词义,有没有一点哪怕似是而非的关联。"

"哪怕似是而非。"温斯沃思重复道。咬舌的词在他嘴里翻滚,像熟透发烂的果实。

弗雷欣不住地点头。"他们给你安排了一次会面,看来是这样,对方是——哦,叫什么名字来着?是个本地历史学家。民俗学家。这一类吧。"温斯沃思盯着他,这个人信口胡编的内容越来越花枝招展起来。"知道这些足够你买票了。去芬丘奇街站的火车,直达。"他又咧嘴灿烂地一笑,"最好别去晚了!调研之旅,听上去可真不错!"

在这之前,温斯沃思不曾接到过斯万斯比宅的外派工作,更别提今天这样紧急而模糊的考察。这是弗雷欣和格洛索普这样的田野词典编辑和语言学家的工作,不属于书写厅里的书桌常驻人员。太滑稽了。

"我负责的是 S 部。"温斯沃思没什么底气地说。弗雷欣摊开手,耸耸肩。

"他们特意说,一定要派你去。显然,你的工作引人注目。"

"巴京。"温斯沃思想气急败坏地揪住弗雷欣的衣领,冲他大声喊叫。"是你胡编的!"他想放声大吼。让我去竹篮打水,缘木求鱼!

弗雷欣笑了。"不必谢我。不过,时间恐怕不多了?"

于是温斯沃思一边道歉、点头,一边退到门外的街上,攥着一瓶崭新的墨水。片刻后他转过身,回望咖啡馆的窗内——那对伴侣已经在二人世界里交谈,重新落座。弗雷欣挪向他腾出的椅子,索菲娅说了句什么,他欣然大笑。他们看起来非常幸福,很般配一样。

温斯沃思看着一名店员走到桌边,搬走了多余的第三把椅子。

O 代表 ostensible〈形〉表面的

　　长时间读词典条目，最先退化的或许是叙事感。时间顺序显然（显然！）不像以前那么重要，页面间的联系要么明显出自人为，要么根本不存在。规律浮现，但往往并不可靠。

　　既然如此，尽管词典编纂者负责的是制造秩序，把词语排成整齐的军团，但我不禁想，他们一定时不时会遭遇一场崩溃。我拨动蓝色的索引卡，不知我这位在十九世纪炮制山鼬的对话者见没见过这个词：崩溃〈名〉。但愿我能向过去伸出手，把这个词递给他。也许他正好需要。

　　出乎我们俩的意料，皮普的"寻找所有和猫沾边的词"战术当真奏效了。她把鉴定出的山鼬贴着门框拢成整齐的一堆，装进信封。

"你个小傻瓜，"她龇牙咧嘴地说，"马洛里，听听这个：'peltee〈名〉，毛球，或皮毛柔滑的兽类（参见：【猫】）的口吐物。'真的，我觉得他有点用力过猛了。"

"真的。"

"真的。啊，但是这个不错：'widge-wodge〈动〉〈俗〉，猫交替爪掌在羊毛、地毯、腿等物上踩踏的动作。'好吧，是个傻得可爱的某某。"

我对我们这位神秘的山鼬饲养员有不同的印象。我更愿意想象他是个决意制造混沌与扰动的人，是个一想到能秘密潜行笑到最后，就兴奋得摩拳擦掌的人。假如我放任自己为他想象一个亲切的形象，我恐怕会喜欢他。他，她，它。暂定为他吧。概率更高。

我不想对他有保护欲。我不想花精力去归纳他写的词大多是对小事的巧妙观察，微不足道。我翻动索引卡，意识到我希望他没写过任何一个真正可怕或危险的词。我不想让那样的词进入他的领域，成为需要由他定义的世界。假如这意味着他的世界不大，那也很好。他不必发宏大的议论。还是待在恰好够生活的小世界里更好。

我们继续在索引卡里钻研、翻看、盘桓，寻找那根特殊笔尖的字迹和别的线索。一个人坐椅子，一个人蹲窗台，半小时一换，顺便看谁找到的山鼬更多。我比皮普稍微领先，因为对照笔迹时，我的眼更尖；但上网找某个词在整个英文世界里有没有记载时，皮普会更快。皮普一边读一边咬嘴唇。牙医告诉她，她睡着的时候磨牙——磨牙症。那天晚上她龇着牙向我复述了一大捧恶心的新词。牙医说，再这样研磨下去，她的牙齿会磨蚀到只剩一半。她的身体因震惊而激活了一种下意识的自我保护反应：从那以后，她总会把嘴唇垫在上下牙之间，磨牙改为磨嘴唇。嘴是轧布机和缓冲器。

"你觉得大卫会满意我们的猎物吗？"她问。

"当然，他会心满意足地把这些词剔出去。"我把新发现的虚构条目从字母序列里抽出来，放在一起。

  skipsty〈动〉一步跨上两级台阶。

  prognosistumption〈名〉（由短暂、从远处

望见的表象得来的）印象。

pretermissial〈形〉（个性）让人难以忍受的，多用于与沉默相关的特质。

slivkovnion[①]〈名〉白日梦，短暂的泡影。

"写这些东西的人，脑子里肯定满是字母 S 和 P。"皮普说。

我们继续筛词。

"你那个老板，真是个怪人。"过了一会儿，皮普说，"你不觉得吗？"

我赶紧嘘声。"他就在楼下。"

"今天上午我总算把名字和脸对上号了，真有意思。他吃着冰激凌等警察解除警报的时候，我把他好好打量了一番。"

"你看他怎么样？"

她耸耸肩。"好吧，我知道他热爱这个东西。毕生的事业。可是，非把这些内容数字化不可——《斯万斯比词典》总不可能真的代替《牛津词典》或者《大英百科全书》吧？《斯万斯比词典》出名只是因

---

① 原词为"slivkovnion"，是以"斯利夫科夫娜（Slivkovna）"一词为词根。

为它没写完。因为它有错,还有点古怪。"

我赞同,但我觉得有义务给这地方做个无罪推定。"大卫有一句心爱的台词,每次发现错误就把它拉出来遛一遍。你猜怎么着:我把这句话存到手机里了,假如我帮他数字化的时候出了差错,就可以拿来回敬他。"我往下滑屏幕。"找到了。哟翰逊说。打错了。好。约翰逊说:'其他作者追求赞誉,词典作者只盼望躲开批评,然而,即便是这类消极的报偿,也少有人有幸得到。'"

"精辟。"皮普心不在焉地说,"但无论如何,他也不该把你丢进这个火坑,去接恐吓电话。"

"到处找茬的人哪里都有。"我说。

"两码事。"她反驳。我相信她我相信她我相信她。

我又发现一个与遐想和梦有关的假词。

alnascharaze〈动〉强迫自己幻想。

又一个,语气更尖刻:

mammonsomniate〈动〉梦想金钱能让万事成真。

小小的结晶，映出人的状态或思想。比一则逸闻更简短，比一闪而逝的思绪更繁复。

"当你想到词典时，你会想到什么？"第一次正式约会的时候，我问皮普。这句式太笨拙。那一晚满是羞涩而期待的笨拙试探。

我记得她搓了搓耳朵，我想她人真好，愿意花时间回答这么一个愚蠢的问题。我自己也没有太好的答案。她清清嗓子，握拳举在嘴边假装麦克风，用蹩脚的歌声颤抖着唱了一段辛纳屈①的《妙不可言》，我记得她眨了眨眼，压在我喉咙底下的十二座冰山尽数消融，在那之下升起了新的渴望，布氏硬度②超过酒吧花园里的餐桌，而且没错，不如把红狮酒馆吊篮里每一朵花的柱头都换成喇叭，花瓣都换成响板，太美好了，太美好了，和她待在一起，思索"出柜"与"约会"的区别，她的歌声还没有停，我的思绪自行逸散，我记得那时我知道该专心，假如一定要盯着她的嘴，也只是为了听得确凿、真

---

① Francis Sinatra（1915—1998），美国歌手、演员。
② 表示材料硬度的一种标准。

切,也许眨眼只是不小心或者痉挛,我在她跑调的时候报以微笑。

我大概说了:"真好。"

"你太爱用这个词了。"皮普说。她在轻轻磨牙。很轻很轻。

五年以后,因为莫名其妙的理由,她来帮我整理索引卡,有时候爱情就是这样。"这里找不到 pornography(色情作品)这个词。"皮普把一排蓝色的词义在桌面上铺成扇形,冷不丁说,"你觉得问题大吗?"

"你找它干什么?"

"不干什么。"她说。

"抱歉,让你觉得枯燥了。"我没好气地说,"我的工作就这样。枯燥。"

"我有大把的时间。"皮普宣称。她鹈鹕了一下。"庞然的时间。"

"我很确定庞然不是这么——"

"他们不可能没有色情作品。"皮普没理会我,沉思着说,"可能只是没有专门描述它的词。"

"也可能只是《斯万斯比词典》不愿意收录。"

"老天,先别管那个了。你知道吗,皮普的意思是鸟类呼吸疾病的统称——"

早在我们所谓的示爱期之初,我们出门或未出门的出外、外出,我就查过皮普〈名〉和皮普〈动〉。"鸟类尤其是家禽的多种呼吸疾病,特征是舌尖生出角状结块。"我暗下决心,接下来三年的情人节贺卡里都不能写这个词条。

我更喜欢雏鸟皮普〈及物动〉:在孵化时啄破(通常是蛋壳)。

看皮普自己发现这些皮普内容,感觉不错。不等我告诉她,先把我皮普到合适的地方去。

爱是常常用"也许""大概"来缓和伤害,想说"不清楚"的时候,换成"好像","绝对"的潜台词是暗示或感觉将只会成真。

在斯万斯比宅工作的时候,这句话总会飘进我的脑海:"定义过分精确,会磨灭作品的神秘性。"这句话大约是在我为了在一家濒临消亡的百科词典编辑部做一份毫无意义的实习而读一个毫无意义的学位而写一篇毫无意义的论文时看到的,我把这句——格言?座右铭?——录在论文笔记里,标了下划线。

"你会把什么样的词放进你的私人词典?"皮普问我。一月的阳光已经从窗口隐去,我从未在斯万斯比宅工作这么久。

我舒展胳膊,又捏了捏鼻梁。"不知道还有没有什么新鲜东西可说。"

"我爱的女人真有抱负。"皮普来到我的椅子后面,一只胳膊轻轻环住我的双肩。

世上还有什么为旁人所忽视的东西,让我想定义它,让它不再蒙尘?造词是一场奇特的创意消化过程:蕴含记忆、自我意识与专注。仿佛有谁在捶打你的脑子,像捶打树干,让它流出糖浆。

"我想不出来。"我说。

我想道:造一个词,形容我总是把"warm"打成"walm"。真傻。造一个词,形容用肉眼就能分辨出意大利面火候正好。超级傻。造一个词,形容陷入爱河,情有可原地向彼此诉说毫无营养的废话。造一个词,形容把只见过没听过的词念错。造一个词,形容心爱到永远听不腻的歌。造一个词,形容强烈的慈悲心,在无人注意时小心翼翼地放走困在房间里的昆虫。造一个词，形容讶异于自己身体的某种特质。造一个词，形容一个念头坚不可摧地窝在大脑深处，像一枚牛油果核。造一个词，形容皮肤被手指揉搓后泛起的青色。

"不如给拒绝出柜想个词？"皮普说。

我们从没吵过架。没动过真火。常见的导火索都没有点燃过：人生志向，将来，前任。《斯万斯比词典》收录了"ex"〈动〉，意为"用打字机打出字母 x 覆盖在字符上，将其删除"，以及名词：一种标记，用作（签名的）替代。常见。

三年来我们离争执最近的一次，就是想让对方做出明确的行动。

"这想法哪儿来的？"我说。

"当我没说。"她说。

"我已经够出柜了。"我说。

"是吗？"皮普问。她的语气像是说：此面留白。

出柜的话总是到我嘴边又咽回去。首先，时态错乱，思路四散，像一盒翻倒的索引卡。从有记忆以来我就是同性恋，但从来没能开口告诉别人。我觉得是我还没准备好，也许将来有一天能做到。我没告诉父母,尽管我觉得他们不会介意。大约会关心,但我不知道会不会介意。现在是出柜的好时代,和世界上许多别的地方比起来,等等,等等。我明白。出柜也挺好。我知道的确如此然而然而。

皮普从来都不在柜里,她不理解我为什么会尴尬,会说不出口。一想到把这些话组成语言,我的脑子就绕来绕去钻出钻进旋紧旋紧。没意思。有意思。我不应该由它确定。它确定应该。但愿我能轻松地记住"mnemonic"①的拼法。但愿我遍寻词语时能想起"当然"和"确定"。

"有什么问题?告诉我吧。"在家,皮普会问我,"我就在这儿,听你讲。"

你真不可思议,有个声音在我头脑里轻声说。

我向来组织不起那些思绪和语言。"也许我还没准备好"感觉太懦弱,在奇怪的地方谨小慎微,像一个特殊罕见的花蕾或果实。

柜(closet)这个词比橱(cupboard)或衣帽间(wardrobe)更脆弱,对不对?没人会挂念柜子和它不牢靠的四壁。柜子没人在意。我讨厌它惹人在意。

---

① 意为"帮助记忆科学规律、拼写规则等的单词、小诗、句子等"。

有时候，我讨厌我惹人在意。我还没想好恰当的词来定义自己。

《斯万斯比词典》给了"柜"许多词组，包括"便柜〈名〉厕所隔间"和"心柜〈名〉包覆心脏的部位，心包；心脏的一个腔室，左心室或左心房。〈废〉"。

"没出柜，也不算骗人。"我慢慢地说。

"我从来没说你是骗子。"皮普说。

"你哭什么。"我说。

"没哭。"她用袖子抹眼角，不是生气，不是不生气。她展了展肩。"越早把这些东西搞定，你就能越早告别这份工作。一想到你要待在这个有人恐吓的地方工作，我就难受。"

"电话？我说了，只不过是个傻子。"

她瞪着我。"'只不过'里藏了很多东西。算了，当我没说。"

"我不想吵架。"我说。

皮普又抱了我一下。但愿有个词形容把爱你的人领到安全的地方。但愿我可以是造出这个词的人。

"对不起。"她蹲在窗台上，拍拍我的椅子。"我累了，我爱你，我有点儿紧张。来吧，咱们还能再干一小时。看看这个迷魂阵里还藏了什么。"

P 代表 phantom〈名〉幻象〈形〉虚假的，来路不明的〈动〉

去巴京的火车上，温斯沃思凝神细听，仿佛听见了甜点餐车柔缓的滑动声，以及服务员在颠簸的车厢里走动的摩擦声。他以前只在白日梦里见过康沃尔郡的乡间小屋。拂过头发的微风里的咸味，蜜蜂朦胧的嗡鸣。这个梦似乎已经过时，被取而代之。

弗雷欣不惜编出如此拙劣的差事诓他离开，或许相当于颁给他一枚勋章。荒诞——竟然有人因我而忌妒。但他仍然欣慰于弗雷欣察觉出索菲娅对他表露出的兴趣或友善或体贴。气氛想必已经好到弗雷欣觉得有必要出手干预了。

话说回来，巴京。

他试图潜入更熟稔的白日梦，想象一栋乡间小屋，白墙，朴素的桌子，窗外是一道澄莹的沙滩。在一时的恣意里，他向索菲娅透露了森嫩湾的遐想。多可笑的举动，说出一句轻率的暗语：想远离人群，想清净头脑。不必听从任何人的支使，只担自己的一份责任。胸无大志却诚实。假如拥有全世界的财富，他要做什么？第一个念头：就此消失。火车微微颠簸，他的思绪变换航向。会有人想念他吗？想念一个邋遢的、不曾在世上留下痕迹的词典编纂者？他退回乡间小屋的想象，蜜蜂在花园里嗡鸣。

温斯沃思幻想着，更确切地说，强迫自己陷入幻想。他枕着座椅，观察一只飞蛾在摇晃的车厢里忽上忽下地前进。为斯万斯比词典的某个词条查询资料时，他曾在哪里见过，某些物种的飞蛾没有口器。口器。他读着，悲从中来。知识未必总有益处。在那以前他从未意识到，自己需要想象一只飞蛾，想它怒吼的模样，或者舒服地享用最爱的零嘴，甚至打哈欠。温斯沃思打了个哈欠，同情地望着他没有口器的同伴。

忽然有个念头侵入：弗雷欣靠过来，红髭须贴近索菲娅的脖子。

弗雷欣出差的时候,当然尽是浮华与喧腾。他浪迹于广袤的西伯利亚,是语言的游侠骑士与追慕者,手持没有墨水的斯万斯比宅制式钢笔与稿纸。而我,温斯沃思想,我被派去十三英里外的巴京,我统一派发的钢笔不寻常①地插进一只鹈鹕的喉咙。他收到的礼物。那支崭新的银色钢笔,该派上用场了。墨囊已经由店主灌满。他把公文包垫在腿上,随意写字:巴,吧,叭——车厢轻轻颠簸,字迹在纸上跳跃晃动。

温斯沃思重新观察车窗上的飞蛾,心不在焉地擦去衬衫上沾的几抹鹈鹕血。不知这只飞蛾有没有去过这座列车牢笼以外的地方。也许它像自己在大都会铁路地下部分看见的大耗子、小老鼠那样,生于斯,死于斯,它的飞蛾头脑里没有树皮、羊毛衫和月光可追忆。温斯沃思想象着一卷遭飞蛾蛀朽的《斯万斯比新百科词典》。

飞蛾不时飞近木头窗框上沿的缝隙,一条更明亮的世界从那里照进,可供逃离,但它每每视而不

---

① 前文"统一"一词原为"regulation",而"不寻常"一词原为"ivregularly",词根相互对应。

见，掉过头，沿着玻璃窗慢慢降下。起，落，起，落，欣赏沿途的伦敦风景。败絮似的云层，青砖，下水道。温斯沃思回想着这么多年来被他用玻璃杯罩住然后放走的飞蛾。这一只重新飞上窗顶，又一次转身降落。温斯沃思瞟了一眼对面的乘客——是一个混合的年长者的隐喻，腮边探出金丝猴须那样几英寸长的白胡子，手背像长颈鹿皮和木星表面，生着紫红色的斑点。那人也在看着飞蛾，神色显然平静。

温斯沃思站起来，跟跟跄跄地在颠簸的车厢里稳住脚步，拉下皮绳，打开车窗。

"过来，你这家伙。"他挥动文件夹，想把飞蛾赶出去。飞蛾不愿乘风离开。起、落、起、落，寒风吹进来，拍打着温斯沃思的耳朵。

"能把窗户关上吗？"对面的乘客说。温斯沃思立即默许了。

温斯沃思对这场旅行接下来的记忆会是迷蒙的。火车穿过东汉姆，路过胶水厂和闷闷不乐、容易被牵走的马群。海军涂料厂喷吐出一根根烟雾，那气味还不待鼻子分辨，就在胃里搅动起来。飞蛾沿着玻璃起，落，起，落。温斯沃思知道形容蜜蜂飞行的词是 bombilating——用什么词形容飞蛾?他的人类旅伴坐直了,翻开一份报纸。对着温斯沃思的一面是粗斜体字印的广告:别再用大头钉、工字针夹纸。用曲别针。瞌睡在思绪中酝酿,找到了合适的时间、地点与场合。车窗外,笼罩城市的天空被一月份涂成灰蒙蒙的曲别针颜色。飞蛾嗡嗡地贴着玻璃窗,起,落,起,落。

后来,温斯沃思不会清晰地记得当时的情景。

车厢微微震颤、晃动,温斯沃思会记得他感觉很冷,身上皱巴巴的外套太过单薄。他会记得自己闭上眼,一时间,四周只有轻微的晃动,以及皮质座椅的气味、先前乘客留下的烟味、车窗外飘来的涂料厂气味。飞蛾翅膀沾上蛛网与灰尘,增加了微末的重量,起,落,起,落。火车沿着轨道飞驰,摩擦出一段视唱练习曲,电报杆与房子在窗外掠过,让午后暗淡的日光在温斯沃思的眼皮上闪烁。每次经过电报杆,眼皮内侧便从朦胧的淡红迸出灼人的红光。他渐渐看见一些图案,生出远近的错觉,他感到片刻愉悦的剧烈眩晕。新钢笔在阳光下发出耀眼的银光。他在稿纸顶端写下巴京,在底下画了两条线，加一道花饰。

飞蛾沿着玻璃嗡嗡地行进——他会记得这个细节。他会记得从瞌睡里醒来，对面那位金丝猴面孔、木星－长颈鹿皮肤的男人不耐烦地哼了一声，卷起报纸拍向玻璃窗，拍向那只飞蛾，四下里骤然

轰

温斯沃思的许多同事收集了第二天的头条剪报：**严重爆炸事故，多人死伤——极大财产损失**。后续报道列出了死伤与破坏："60码外发现躯体残骸。""锅炉盖飞到邻近农田。"收藏剪报的词典编纂者会郑重地说，他们之所以搜罗这些片段，不是因为对悲惨事故生出猎奇的渴望，而是想了解温斯沃思的行程，帮他把叙述补充完整。温斯沃思不记得自己是怎么下的车，也不记得他是怎么到爆炸现场去的。比勒费尔德在报上找到一张现场照片，里面有个人，细看有点像温斯沃思。至少那人戴着眼镜，拿着一只薄薄的文件夹。胸口有一团明显的污渍，说不定是一瓶崭新的鹈鹕牌墨水，在外套胸前的口袋里被压得粉碎。照片里的其他人要么比他干练得

多，要么蒙着白布，平放在担架上。

温斯沃思只能记起一些不连贯的瞬间。他记得某扇车窗边某只飞蛾的每一处细节，却不记得他下车走到爆炸现场的过程。就他能想起的片段猜测，他猜想那天下午他卷着袖子待在尘土碎石木头蒸汽中间，有消防员冲他大喊。他记得自己跪在地上呕吐，发现旁边是一个男人的脸。他手里抓着那人的下颌。一根柱子或者纵梁或者横梁把那人压住了，一段笔直漆黑的金属，滚烫得无法触摸。那人的下颌不在他脸上该待的地方。拧成了一个与平日所见截然不同的角度。温斯沃思或许记得鞋里进了碎石子，最深处的牙齿也不知怎么沾着灰尘。他记得自己感慨消防员的黄铜头盔在浓郁的烟尘里仍然干净锃亮。消防员以外的所有人都一言不发。他没有记住消防车。

他记得墨水在胸前洇开的湿润感觉，记得头发里夹着碎玻璃，还记得在爆炸的一瞬间，透过万花筒般旋转的车窗玻璃，他看见了一种简直无以名状的颜色。

发生过的事情是这样：爆炸一小时后，温斯

沃思在一队消防员和围观者中间醒来，烟尘呛得他直咳嗽，眼睛泪汪汪的。他好端端地站着，不记得曾经昏迷过，但不知道身在何处，也不记得是怎么来的。这大概就是休克的机制，是吧？一桶水被他拎在手上。他回过头，看见许多恐惧的、绝望的、被熏得黢黑的面孔。温斯沃思能感到火焰的热量拍打着脸颊，他离爆炸的中心很近。他接过一桶桶水，向热浪的中心传去。头顶，紫灰色的浓烟夹杂着火焰的红光，盘绕升腾，侵入傍晚粉红色条纹的天空。

温斯沃思的膝盖颤抖着，而且不知为何，尽管他亲眼看见水桶从他的手里递出，向队伍深处传去，他的手指仍然没有知觉。忽然他眼前映着自己的面孔，在一阵金色的乱流里膨胀、扭曲。看来世界的面貌已经颠覆，自然规律与维度都失去了意义。他集中精神，晃了晃脑袋，把奇怪的念头赶走。消防员头盔上的倒影也冲他摇头。他面色沮丧。消防员俯身冲他喊着什么，手指着别处，但温斯沃思没有听懂。

"他说我们该走了。"另一道平静的声音在他耳边响起。是那个和他同车厢，胡须惹眼的人。看来他也下到了工厂爆炸现场,前来帮忙。他浑身淋满了碎石粒和尘土。人人都在急促地喘气,还有个人扶着糖果店的招牌,无声地剧烈呕吐着。

温斯沃思被人群裹着离开,在一片"接下来的事我们帮不上忙""已经尽力了"当中含混地附和。有人拿来毛巾帮他擦脸和手。那好心人一擦,更多尘土纷纷落下。他露出痛苦的表情,感觉脸上的沙土结成了块。外界的动静微弱而浑浊——但愿只是灰尘堵着耳朵,否则他的听力恐怕在爆炸里受了损害。

石砌建筑的残片——圆石柱与碎木头散布在街上。他加入的这班人兜了一阵圈子,以点头和视线交会沟通。他们漫无目的地穿过窄巷,不想到哪里去,只想离开,偶尔会与其他成员迎面相遇。队伍有时壮大,有时稀疏,最终停在一家酒馆门口。提早来吃晚饭的顾客放下手上的报纸和派,看着一个个面孔灰暗、裹在尘土与煤灰里的人进门。老板想必知道方才的事故,又或者认得出他们的眼神:温斯沃思手上立即多了一杯酒,人也被按进壁炉旁的翼背椅里。

隐隐的消防车的声音:汽笛和马蹄。

一只布满凹窝的玻璃啤酒杯落到他面前。

"这酒很烈。喝了,血能流。"老板说。温斯沃思一饮而尽。

"小伙子,你要上哪儿去?"老板问。

温斯沃思不知该怎样回答。他在松垮的外套口袋里摸索那支新钢笔,奇迹似的,笔尖没有摔坏。

"威斯敏斯特,词典 S 卷。"温斯沃思说。他拍打口袋寻找车票。"抱歉,我突然失神了。我还是走回去吧。"

"走到威斯敏斯特去?"老板说。他看向窗外渐渐变作杏黄与漆黑的暮色。"别犯傻,到普雷斯托你就站不起来了。"

"那个地方我不认识。"

老板盯着他看了一会儿。"要我说,你看起来真的不太好。"

温斯沃思浑身的血管蔓延开神经质的火焰,他厌倦了话没说完就被打断,厌倦了说出的话无人在意,厌倦了找不到开口的时机,他想揪着这人的耳朵恶狠狠地说,他今天从早到晚只吃上了蛋糕,他徒劳无望不可理喻无计可施不能自拔深深地陷入一场无果的恋爱,而就在此刻,他不知为何爱上的女人，大约不知为何正来到一座淫秽而美丽的雕像前，身边是一个留着火红髭须、姿态完美的男人，仿佛拥有无尽的时间，那是温斯沃思永远无法拥有的时间，里面有他的笑声和她的笑声，但此时此地的温斯沃思双手颤抖着，应一本没人意识到它存在的词典的要求，站在一条通往巴京之类荒唐可笑的地方的路中央，他厌恶这部词典，因为得分装语言、打包语言——他！他何德何能爱上她，造出一沓新词！——想禁锢语言是不可能的，是面目可憎的空想，她说的没错，就像是把蝴蝶压在玻璃板底下——但是但是但是但是但是但是尽管憎恶，他仍然接受了词典的熏陶；词典的熏陶让他甚至就在刚才也按捺不住地想掏出笔记，掏出他印着斯万斯比抬头的小小记录本，如此就能询问老板刚才对"利"的用法，完整而利落地记下他的口述内容，有朝一日把它写入特制的六比四索引卡，嵌入合适的槽，录入一则偶然却意味深长的例句，《斯万斯比新百科词典》编到 Sh 开头的词时，这段记录就会有人查询。他们会说，恭喜，是个动词！其他人如何承受这重任，又忍受自己全无主动性可言？无人发现，抑或无人在意？一切词语都要研究，一切发生过的事都要顾及。每个人说过的每句话都有意义，意义不在于说话的理由，不在于从何处学来，不在于说话时舌头摩擦上颚的独特方式——你知道吗？上颚的纹路就像指纹那样，每个人都独一无二，每个人说出口的每个词，都曾经以独特的方式发射、打磨、呵护、揉搓过。词典会不会知道，从这一刻开始，"利"这个词于他，将永远萦绕着灰尘的味道和哭泣的冲动，永远让他想起白胡子的男人，想起面向世界的一片恐怖玻璃窗上的飞蛾尸体？

这些念头温斯沃思一个字也没说。他清了清喉咙。"我没事，谢谢您。"

"听我的，"老板说，"我的日行一善。我来给你叫一辆出租马车，送你回——你那个地方叫什么？"

"斯万斯比宅。"温斯沃思不知道对面的人怎么能这样正常。他茫然地掏口袋，但那人摆手拒绝。

"不用，别客气——我也只能帮到这儿了。"

"怎么称呼您？"温斯沃思问。那人告诉了他。

"谢谢。"温斯沃思干巴巴地说。一个念头忽然成形。"还有——最后问您一句——您看见那颜色了吗？"

"颜色？"对方从温斯沃思的衣袖上拣出一根木

头丝,无意识地用手指捻着,"什么颜色?"

"爆炸的颜色——您在这里,透过窗户看见了吗?"温斯沃思坐直身体。他忽然感觉清醒多了。"那场爆炸,在您看来是什么颜色?哪个词最准确?"

Q 代表 queer〈名〉怪人，同性恋〈形〉古怪的〈动〉搞砸

我们又找出几个虚构的词。一个比一个晦涩。但也许是我的耐心越用越少了。

有个词的意思是"由假装口齿不清而引起的负疚感"；还有个名词，特指"退休养蜂的梦想"。皮普很开心地找到一个（或许有几分实用的）名词，指"中指受积年的虐待而结成的硬茧"。皮普喜欢其中的暧昧；尽管在我看来这大约只是囿于案头的词典编纂者发的牢骚。

皮普放下索引卡，消失了半小时去找咖啡喝。回来的时候，她累得有点喘，手里端着一样东西。长方形的，镶着边框。她手里转动着这个镶着边框

的长方形物件，走进办公室，垂下眼瞄了瞄。

"我在楼下的储物间里发现了这个，"她说，"塞在瑜伽球和一堆旧海报后面。"

阳光透过办公室的窗斜射在照片外的玻璃板上，炫目的反光下，我看不清她拿给我看的究竟是什么。相框已有些年头，照片装进去的时候有个倾角，仿佛阳光按皮普的心意击中了它。

"瑜伽球？"我问。

"紫的。我懂，谁能想到大卫·斯万斯比还有这一面呢。不过别管他了，看这个——排排站，找疑犯。"皮普说，"真正的通缉墙。"她把照片拿近了些，微微弓起身："看！《寻常嫌疑犯1899：这次是'员工'》。"

我坐在椅子上滑过来。"你觉得这里面有他？"

"'员工'。"皮普重复道。她把照片放低，期待地看着我。

"非常巧妙。"我说。

"我也觉得。那我们继续吧。警官女士，罪魁候选人可真不少。"

照片底下有一张印有说明的黄色纸带：斯万斯比新百科全书同仁，S-Z——一八九九。

照片上是三排抱臂站着的拘谨面孔。最前面两个人侧卧着，胳膊肘支在地上，僵硬地摆成四肢舒展的模样。这姿势不合时宜，它通常属于球队和倚着狮子的猎人，最适合的只有壁画上手持葡萄、喝得酩酊大醉的古罗马人，还有浮冰与冻原上晒日光浴的海象。这两人的西装、领带和笔直的小胡子都透露出，他们相当不习惯这副精心编排的松弛。

地上铺了几张华丽的地毯，大约是专为这场合影铺设的，刚好在注释上方露出堆叠的皱痕。我有意拖延，不想去看这些编纂者的脸，而是盯着一块地毯，记住它的细节，端详每一处流苏和褶皱。不知道这些地毯是哪里来的，是摄影师带来的吗？还有个问题更让我好奇：这些地毯现在到哪里去了？是不是在哪个储藏间，充当飞蛾和幼虫的美餐？如今，书写厅铺的是毛糙的紫色尼龙纤维拼接垫；厚度足够把人绊倒，但用脚划拉几下，也能让转椅滑起来。还是太薄，没法不留痕迹地吸收咖啡渍，别问我怎么知道的。拼接垫从地面延伸到齐腰高的墙上，沿着整栋楼的墙面转了一整圈。我看见这种墙垫为这座城市里所有半透明的办公室格子间描边。我看见城市各处的人把全家福钉在这一块块假墙上，让办公空间维持家的诡异假象。

"你屏住呼吸了？"皮普在照片背后问，"我在这边都能察觉。"

"没有。"我说。我慢慢呼出一口气。

照片里众人的视线会合不到一起，而且好像没人知道，也没人告诉他们，该把双手放在哪儿。有些人选择撑在后腰上，好像刚打下一对野鸡夹在胳膊底下，但斯万斯比的多数员工双臂紧紧地交叉在胸前，不愿向摄影师袒露一点儿自我。他们都有点儿恐慌，好像在户外待得不大自在，又好像他们能感觉到皮普的手指，没有文身的白色庞大指节，探进相框边缘。

照片里唯二的女人并肩站在中间，领口花样繁复，帽子像碟形天线；一位发色乌黑，一位发色雪白。照片本身的颜色斑驳陈旧，半灰半褐，像尘土与飞蛾的颜色。那种色泽让你觉得，如果鬼使神差地舔上一口，就能品出太妃糖、波本威士忌和书店里的灰尘。

站在最左边的男人容光焕发，蓄着一捧大胡子。照片的对焦清晰极了，连他眼睛周围的细纹和怀表的表链都清晰可辨，但不知为什么，透过玻璃看过去，这团美髯像一块沉重暗淡的墓碑，糊在他下巴上。我认出他是楼下大厅画像上的第一任斯万斯比教授。从他的姿势和炯炯的目光里，我隐约看见了现任编辑大卫的影子。胡子是个严重干扰。而且，现任编辑比他高了三英尺。显然有某些非斯万斯比的显性基因在他的后代里表达了出来。

我受到面善的斯万斯比教授驱使，开始在玻璃下的面孔里寻找熟悉的特征，设想最贴近的演员来出演他们的角色。

照片上有一个面目模糊的人。他的脸是一片苍白的虚影。恐怕是在快门按下时忽然仰起了头。也可能是显影失误，拇指不小心在暗室的显影盘里抹了一下？不会，从变形的线条里仍然能辨认出面孔的轮廓，它转得太快了。那人仰头望着相机上方左侧的远处，仿佛云上载着的什么东西让他惊呆了。

"肯定是在外面的院子里拍的。"皮普放下相框，"如果你想象一下，把那边的垃圾桶和空调外机去掉的话。"

她说的没错。在人像身后的墙上反光的常春藤，如今仍然攀在斯万斯比宅的外墙上。我在桌边伸长脖子往下看，就可以看见那座院子，看见他们身后的常春藤叶在细雨中跳动，闪烁着光泽。坐在桌前，我常常只能借叶片来分辨季节，听它们因为雨滴、冬蛾或是筑巢的小鸟窸窣作响。我又看了一眼照片：那里的常春藤要稀疏一些，石砖上还没有伸展开那么多枝条。

皮普把照片递给我。"还是不错的，对吧？怎么样，你擅长认出骗人的浑蛋吗？"

我坐在椅子上，滑向窗前我的格子间。我边滑边转圈：技能激活了就要用好。路过盆栽的时候我差点摔下来。

我抬起一只胳膊比画着，尽可能地把眼前的院子与照片上的方位对应。假如我瞄准的方向没错，按下快门的一刻，那个面孔模糊的男人抬头望向的正是我办公室的窗口。

皮普继续寻找假词，我把照片立在桌子正中，一般是放伴侣照片的地方。

R 代表 rum〈形〉离奇的

温斯沃思与酒吧老板挥手作别,出租马车从巴京路边启程。衣服上的尘土他几乎都掸掉了。他低头看了看:墨水、面包渣、污泥、猫吐的毛球、血迹。这些痕迹记录下的一天仿佛来自另一段人生。这么多年来他一直默默过着与文字打交道的生活,沉静、简单。出租马车在不曾见过的街上疾驰,他感觉一股陌生的新能量落进心和肺里,四处冲撞。这股能量鲁莽、疯狂、紧绷、回荡、惹人生厌、激情奔涌冲动,比起振奋,更像是失去控制。

出租马车停在斯万斯比宅门前的时候,威斯敏斯特教堂正敲响晚上七点的钟声。温斯沃思喃喃地向车夫道谢,弯腰躲过两匹马喷出的热气。他挪上台阶，用力拉开门。开门的动静吓得屋里的提提维利猫倏地四散。天色已晚，还在工作的词典编纂者大约不多。这座建筑已是猫的国度。

温斯沃思攥住提包，登上楼梯，走进书写厅。砰，砰，砰。四下安静得诡异，杂音与意料之外的回响为他的脚步声投下古怪的阴影。这里不再坐满专心拉磨的词典编纂者，却并不空旷——空气里充斥着奇异的压力，架子与书柜高得不可思议，柜子里塞着不可计数的书册，载着沉重得不可思议的词语。温斯沃思转过一个弯，发现仍有一位同事正伏案工作。比勒费尔德从纸堆里抬起头，脸一下子白了："我的老天！你怎么搞的？"他急匆匆绕过几套桌椅，走到温斯沃思旁边，一把抓住他的胳膊肘，带着他穿过几排办公桌。比勒费尔德想把他拉到过道上的一盏灯底下，看得更仔细些。

被比勒费尔德拽着的一路上，温斯沃思整理了一下外衣。几只猫凑过来，在他脚边嗅了嗅。不知猫能不能认出压在煤灰和烟熏底下的鹈鹕气味。"我看起来那么可怕吗？"他问，"路人都走到马路对面避开我。"

"可怕得要命。你究竟做什么去了？"温斯沃思还没来得及回答，比勒费尔德接着说道，"算你运气好，碰到了我。我待到这么晚还没走，是为了追查'scurryvaig'的出处，而且一点进展都没有。"

"嗯？"温斯沃思说。即使喝下了巴京酒馆老板给的那杯白兰地，他的嗓子里仍然裹着尘土和浓烟。

"很难追踪，狡猾得很。名词。似乎在《埃涅阿斯纪》①的译本里出现过，据我推测与'scallywag'有关——嗯，你怕是不知道，"比勒费尔德轻轻咳嗽一声，抬眼观察温斯沃思，"你怕是不知道这个词吧？你看，scurryvaig——后面有个 i——"

"不知道。"

"问你只是因为我接下来要查的词有'swing-eouris'，还有'swanis'，接下来几周的工作恐怕会非常离奇。"比勒费尔德对上了温斯沃思的视线，"话说回来，你到底干什么去了？好像用火山盛了潘趣酒似的。你衬衫上沾的是墨水吗？"他拍拍温斯沃思胸口，一蓬烟尘弹起来，"要不要——要不要给你请个医生之类的？"

"我还好。"温斯沃思说，"遇上一场事故——没

---

① 古罗马作家维吉尔创作的一部史诗。

事，我觉得没事。只不过还有一点工作要回来做完，然后我就回去睡觉。"

比勒费尔德看着他。"你那眼袋重得能装下好几支笔。明天合影，你这副模样该有多狼狈。"

"啊，天哪。"

"你真的要待在这里不走吗？我很想陪你待着，可惜——"比勒费尔德指指他的桌面，文档叠得整整齐齐，斯万斯比公文包也已经收拾妥当。他抱歉地笑了一下。"都收拾妥当了。我买了几张芭蕾舞会的票。"

温斯沃思拨下耳朵上沾的土。"我下午没在，所以才想着该回来。给留下的工作收尾。"他笑了一下，笑得很难看。比勒费尔德似乎没有发现。

"弗雷欣说，他撞见你喝茶、吃甜点。"比勒费尔德侧过脸看着温斯沃思，想观察他的反应。温斯沃思稳住视线。不知道比勒费尔德会不会闻出巴京提神酒的气味。"陪着他的未婚妻！"比勒费尔德高声说。他笑着在温斯沃思肩上拍了一掌。"好吧，"比勒费尔德继续说着，走回办公桌收拾东西，"看来你想好了。万一你还没想好——我的意思是，你好像刚被一辆出租马车撞了似的。写、写、写个没完！

是吧，吉本先生？① 诸如此类。别勉强自己工作。"

"我会勉力不去勉强。"温斯沃思说。他看着比勒费尔德慢吞吞地离开，哼着某段柴可夫斯基，半路停下来抚摸一只猫。猫从他手边溜走了。温斯沃思不知道，比勒费尔德讲给同事听的会是什么版本。

回音缭绕的书写厅里只剩温斯沃思一人。

他走到自己的桌边，下意识地向外套里的老地方摸索。抽出来的是索菲娅送给他的新钢笔。

钢笔在他指间旋转。旁边的桌上趴着两只睡眼蒙眬的斯万斯比幼猫，两只小脑袋慢慢同时转过来，看着钢笔来来回回地在他的手上扫过。他摇晃着钢笔逗猫开心，直到这两只猫没了兴致。倦意化作哈欠袭来，又缠住视野。他打开公文包，取出信笔写下的虚构词条摆在桌上。他那不足为外人道的消遣，简笔勾勒的讽刺小品与蚁穴。他揉了揉眼，怪异的不知名颜色又一次炸开，缠绕在视野边缘。

被怒意侵染的白日梦化作隐秘的希望。他四面环顾，看见填着待录入词条的鸽巢，思绪一凝，又微微荡开。钢笔在他手中压下一道偏斜的重量。他

---

① 引自英国威廉·亨利亲王于 1781 年收到《罗马帝国衰亡史》后写给作者爱德华·吉本的信。载于《牛津英国人物传记大辞典》。

翻动稿纸,寻找自己在百无聊赖中虚构的词条。笔迹比他勉力工作时写下的舒展得多。他从荒诞的秘密词语里抬起头来,又一次望向斯万斯比宅的鸽巢。尘土和血丝粘在大拇指指甲里。一个念头越来越明晰清朗:只需几笔,就能把这些信笔杜撰的内容誊写在正式的蓝色索引卡上,为词典掺入虚假的词条。成百上千的假词条——鹊巢里的杜鹃,被调包的婴儿,不起眼的讹误。他可以定义世界的一部分,只有他能看见、他愿意负责的一部分。有一天这部词典会完成,而且(怪念头!)或许会有别的人看见他写下的内容变成铅字,那时将有一整个新的宇宙,隐匿在印满文字的书页间:崭新的意义,私密的胜利,在天际翱翔的簇新的真实,而他将成为这一方天地的主宰。他不会留下诗人或政治家的声名,根本不会留下任何声名;但温斯沃思想象,若杰罗夫·斯万斯比教授对《斯万斯比新百科词典》的宏图有朝一日实现,那些只属于温斯沃思自己的词语和思绪,便能栖息在全国各处的书架之上。

  一只踢踢猫凑近他的桌子。温斯沃思认不出今天早上吐在他衬衫上的是不是它。他下意识地抬起胳膊护住作品,避开哪怕是一只猫的窥探。

他的词会有人查阅。会有人学习启蒙。会有人用于遗言。只要做得足够精妙,这些词就不会追溯到他身上。默默无闻终归有一点好处:即使将来哪个倒霉的书记员,或是印刷厂学徒接下了筛出这些词条的任务,他也早已不复存在。温斯沃思想象五年后——他漫无边际地猜想道,十年后?一百年后?——那个寻找他私人词语和词义的人。会憎恨他吗,还是会为他喝彩?

温斯沃思用索菲娅送给他的钢笔轻敲墨水瓶。

winceworthliness〈名〉漫无边际的探索的价值所在。

unbedoggerel〈动〉将胡话阐明;从黑暗、晦涩或无名中解脱。

温斯沃思把这两张蓝色索引卡插进桌上一叠整理好的卡片中间。他的嘴巴发干。隐秘的反叛,无人受害的谎言——说到底,谁又能真正希求触及真理?谁有权利给世界定义?有几缕念头留在身后也不是一件坏事。他会永远活着。

这念头从何而来?

他再次低头凑近那只多余的墨水瓶,观察玻璃上的倒影。一张缺乏睡眠而浮肿的脸。

他想起索菲娅,想起他永远无法对她说出的词。他想起弗雷欣,想起形容他想到弗雷欣时的感受的词。他想起那场爆炸里难以描述的颜色,想起那场爆炸深入骨髓的感觉。

他又伸手去拿那支银色的钢笔。

词语在他笔端舒展。词源在思绪与假想的星群间浮现。

abantina 〈名〉善变。

paracmasticon 〈名〉在艰难时期运用狡猾的计谋寻求真相的人。

这些词有咒语的质感:源自拉丁文,严整而华美。很久以来,他这张斯万斯比办公桌上的一切都以 S 开头;不再拘泥于这个字母,让他生出一股活泼的喜悦。他回忆刚刚过去的几天:羞愧与遗憾,沉滞的无聊感,必需的礼节,能量与冲击的喷流。他感到这些记忆凝成巧妙的双关,或语义单元里合乎逻辑的变形。

　　agrupt〈形〉躁怒，因结局不如意而恼恨。
　　zchumpen〈形〉飞蛾的步态。

　　温斯沃思又一次想象未来那个可能会发现他伪造的词条、他的秘密杜撰的人。也许将来不必再有词典，乃至一切参考书了：印刷与手写的文字在弥漫的蒸汽与烟雾中不复得见，交谈声在引擎的轰鸣里不复可闻。也许在未来，人类只会用触觉、嗅觉和味觉交流。到那时也许会有给这些感官的词典。在他注定无缘得见、无法感知的世界里该有多少尚未掌握的新的词语啊，温斯沃思想着，轻轻拍打一叠索引卡，把边缘拢齐。
　　他不再想象这些不存在的事物、这番恶作剧、这堆隐蔽的胡话，转而想到，这些子虚乌有的词条是他此生唯一（不）被世人所知的举动，是他在这世上留下一丝痕迹的仅有机会。可惜他没办法留下一个狡黠的眼色，或者什么更为持久的印记，给那个将来可能找到它们的人。

他重新动笔,给新写的词条点上句号。墨迹等待晾干。灯下的墨水在刹那间闪动着蓝色的明丽光泽,然后词语流入卡纸的纤维,定形。墨迹只洇开了一点点。如果有人把这张索引卡举到眼前细看,也许会发现原本的直线和弧线里渗出极细微的丝缕或墨点,混入纸张的纹理中间。

新的词语翩然而至,自然如呼吸。他只需用正规的格式整齐地写下来,塞进大厅里对应的鸽巢。就是如此简单。

温斯沃思闭上眼。爆炸在他眼皮内迸开,就在一瞬间,他的呼吸抽紧,背上激起一层薄汗。像一道闪电,蜇得他视野发疼,和下午透过车窗刺入他双眼时不差分毫。他抬手蒙住脸,松开领带,但不是因为光线的眩目或汹涌:他恐惧的是那颜色本身。在他眼底摇曳着洛克福特-史密斯医生房间里数不清的橙色,斯万斯比宅猫斑驳的橘黄,不知怎的,还掺进圣詹姆斯公园一月份草坪的灰绿,沾着血迹的鹈鹕羽毛的粉红,舞文咖啡馆利摩日瓷器上卷曲叶片的青色。不该存在的颜色。像一抹鲜红、乳白、柠青、酸涩、浓郁的冷笑在眼前绽开,摇曳着白热的弧线与油滑粗糙的紫色火舌。

有隐隐的摩擦声,远远的,又好像很近。随后是一句自觉嗫声的悄声咒骂。温斯沃思一惊。他准是趴在桌上打起盹儿了。他望了一眼书写厅的钟,抓起公文包贴在胸前,以为是钟声吵醒了他,接下来他就会看见同事们鱼贯而入,开始新一天的工作。但现在还是晚上。

他发觉,吵醒他的是楼下有节奏的撞击声。

"有人吗?"他朝寂静的书写厅里询问。

撞击声消失了。角落里浮起轻柔的笑声。那边有一道通往地下室的楼梯。笑声顺着电梯井飘上来。

温斯沃思望着许多摞厚厚的蓝色索引卡。成百、上千张,放在一起无从分辨,他的词混在那么多词中间。

就是这样,他想。是的,就是;不是的,就不是。是不是?是。

又传来一阵笑声。温斯沃思并不觉得欣喜。他摇摇晃晃地站起来,向出声的地方走去。

S 代表 sham〈名〉赝品〈形〉仿造的

"里面嵌着什么东西。"皮普说着,把手里的一张索引卡倾斜过来,面对阳光。我坐在转椅上滑过来细看。动作不如我预想中那么顺畅:短短一段地毯,滑过来要六次蹬地。

"恐怕只是落了灰。"我说。

"维多利亚时代的灰。"

"也可能是踢踢的毛。"我说。

一连查了好几个小时以后,每个词条都不再真实。习以为常的词变得狡猾又荒谬,新奇得不可思议:quack, quad, quiddity,傻兮兮。为什么要把君主叫作"queen"?发音吱呀作响,又像在哀鸣。"Quick"和"quetzacoatl"同样古怪、支离破碎。

"我觉得是一粒蒲公英种子。"皮普接着说。她在手指间晃荡着一样零落的东西,对着它一吹。

约会的第二年,我们住在一起以后,皮普拿来一本书——《花语》(1857)。内容按字母顺序排列,配有怪诞的插图,总结了各种特殊花朵的"含义",即 floriography〈名〉,以及它出现在花束当中的意义。有一些我还记得:杜鹃花是"节制",白三叶草是"记住我"。还有不那么甜蜜却更难忘的:碎米荠是"父亲的错误",起绒草是"厌世"。对这两种花我们大肆嘲笑了一番,后来在交往三周年纪念日买了几大捧碎米荠和起绒草,当作独属我们的蹩脚笑话。这两种花搭在一起并不怎么好看,起绒草的刺还戳得拇指疼。

这本书最开头的两种花叫作 abatina(花语是"善变")和 abecedary(花语是"滔滔不绝")。所有的花店或苗圃都没有这两种花,也不知道它们长什么模样。

皮普松开手,让那个可能是蒲公英种子、也可能什么都不是的东西落在地上,重新读起面前的索引卡。

"queer 出场了。"过了一会儿,她说。

"这是我来工作以后最早查的几个词之一。"

"没错,同性恋指南:找到你的同类。"皮普说,"哎呀!"

"怎么了?"我绷紧了神经,提笔准备记录。

"你知道 queest 是林鸽的别名吗?"

来自《花语》的又一条释义:雪松叶代表"力量"。

在家里我们曾经思考,该把这本书摆在书架的什么地方。我们互相保证,总有一天会把书架上的书按字母顺序或书脊高度或颜色来整理清楚,但不知为何,迟迟没有动手。结果,现在它夹在一本希腊菜谱和莫尼克·维蒂格与桑德·蔡克合著的《女同性恋者:词典手记》(1979)的英译本之间。后者是皮普在跳蚤市场或二手商店、慈善义卖会上发现的。她浏览搜寻了一番,笑得像排水口、像鲸喷柱像滴水怪兽,当即发短信和我分享这些纸上佳肴。我只好随时留意大卫在门边探进头来的动静,藏好手机,免得他认定我在工作时偷懒。

我在大学时就听说过维蒂格。蔡克是维蒂格

的伴侣，在那以前是——我希望一直是、后来也是——她的武术教练。这本书为一座女同性恋居住的虚构岛屿而作，是一部诙谐、犀利、推想性质的年鉴。一部傻兮兮又引人入胜的戏仿，是宣言，是漂亮的挑衅。书页深处，藏着一个新鲜的词：仙霖（cyprine）。什么意思？一位译者将其概括为"汁水"。在法文里，仙霖的定义是"女性在性唤起时，从阴道口分泌出的液体"。

皮普在跳蚤市场的摊位前给这一页拍照，发给了我。在短信里还打了个；£。我想她本来想打的是";)"，但手误了。

突然拥有一个词来形容它，是一件美妙的事。我读着皮普发来的信息，这才意识到我从前模拟仙霖的那些词，更多与男性，或是来自鼻子里的东西联系在一起。

在维蒂格和蔡克的词典里，仙霖与阿弗洛狄忒[①]的家乡塞浦路斯岛有语言学上的关联。是那种清爽的、闪烁的词。

我给皮普回信息：是那种清爽的、闪烁的词。

[①] 古希腊神话中爱情与美丽的女神。

皮普回复我：你看，同性恋都喜欢岛——参见莱斯博斯岛[①]，环岛巡游，等等。

你在和我调情吗？我发信息给她。

你在公司出柜了吗？皮普回复。我把手机塞进办公桌抽屉，重新做起那天实习所需的不知什么工作。

维蒂格和蔡克写了一部丰盈的书。这也是我爱皮普的一个理由。我们可以谈论彼此的边界。边界与误解与它们不同的压力。

我在斯万斯比词典里查过仙霖，纯属好奇。随意的想法，无意的想法。偷窥狂似的下流主意，但也没抱太大希望。真有这个词，但只因为它也是最早发现于维苏威山熔岩旁那一类矿物的统称。爆炸的黑云，交叠的尸体：对，就是那个维苏威。Lava（熔岩）这个词的复数形式我第一次永远猜不对。要琢磨出来并不容易。什么算得上容易？严格来说，微风或许在帘外呼唤，于是我会循着它的气息往后阅读，没错，由数次熔岩偏移造成的不可思议的炽热涌流，像从岩石里钻出的许多只手。

[①] Lesbos，希腊岛屿，诗人萨福的故乡，lesbian（女同性恋者）一词的来源。

《斯万斯比新百科词典》写道，仙霖矿石又名符山石（idocrase）。我想，有些时候，当头顶的风扇只能把空气搅拌成某种珍珠光泽的硫酸盐、星星或太阳绽开斑斓的光，那时我的确要发狂①。"符山石在矽卡沉积作用下形成晶体。"矽卡是岩石在热液作用下发生的化学变化。大意是某种滚烫的液体屈服于接触变质作用。炙热的物质，由于触到坚实的表面而变形。我读到仙霖的结晶能切割成为宝石。于我而言，"用牙咬一咬"是最暴烈炽热的措辞。

为了和一位认真的女人上一场认真的床，我读过多少认真的书，上过多少认真的网站？书里的示意图，看上去就像在指导自制家具或修复首饰。都是我买的，没有从图书馆借。我诚惶诚恐地循着这份课程大纲温习。那时仙霖还没有在我的掌握里。这应该是一句双关，但不知道够不够粗鄙精致。给文字以意义、给意义以文字，这样的追求让我有点恍惚。

我曾经读到有一种软体动物名叫冰岛仙霖

---

① 原文为"I do craze"，是对上文"符山石（Idocrase）"一词的拆写谐音。

(Arctica islandica[1]），又叫海圆蛤。Quahog。一团气泡，紧紧地蜷着，难看又壮观。Quahog 是一个适合在水底或者嘴里被塞满的时候说的词。有些词是根据假象中的拟声而造的。Onomatopoeia[2] 这个词我一遍拼对过吗？我拼个蛋。Onomatoepia，拟声词，拟的是凭直觉却心存希望般在键盘上乱敲的声音。

《斯万斯比新百科词典》说冰岛仙霖是一种食用蛤蜊，就维蒂格对仙霖的定义而言，算是锦上添花。这个笑点随你喜不喜欢。我迁徙到维基百科，发现一只冰岛仙霖标本活了五百零七年，荣膺"已知精确年龄的最长寿非群体后生动物"。仙霖与精确，祝你好运：五百零七年前，托马斯·沃尔西[3]拟订了入侵法国的计划。这只古代食用蛤蜊的词条专门写道："如果不是二〇〇六年的一次考察中，它在存活状态下被采集，我们无从得知（这只样本）的年龄。"我想象一艘疏浚船挖起这只古老而高贵的蛤蜊，刺耳的电台播的尽是那年最烂的金曲：菲姬[4]的《伦敦

---

[1] 即北极蛤。
[2] 意为"拟声词"。
[3] Thomas Wolsly（1475—1530），英国政治家、红衣主教。
[4] Fergie（1975— ），美国歌手、演员。

桥》，JT① 的 *SexyBack*，P!nk② 的 *U+Ur Hand*。我想道：不该去搜罗这些东西。我又想：这工作把我的注意力全毁了。

我好奇如何鉴定一只食用蛤蜊的年龄，以及诸如此类的许多东西。

一些词语拥有宜人的黏度、质地、味道、颜色、气息、连结、氛围、站位、体态、弧度、曲折、慰藉、尖峰、低谷；有清澈、温和、迟缓、扭转、流动、涂漆、蘸蜜、紧锁、茅草遮蔽、画眉啼鸣、闪闪发亮的词语。这些词的pH值通常在3.8到4.5之间，所以咬起来有点刺激。

大约有一个姓斯基恩的人。大约有一个叫巴托兰的人。他们的名字命名了腺体和管道，像人用自己的名字命名山峰或物种。我希望这两人一切都好。

我喜欢把 secrete③ 当作一个隐蔽的动词，与任何可见的外表都无关。隐秘分泌在我周身。

你听说过 spinnbarkeit④ 这个词吗？我没有。为

---

① 指 Justin Timberlake（1981— ），美国创作歌手。
② 原名 Alecia Beth Moore（1979— ），美国歌手、创作人。
③ 意为"分泌、隐藏"。
④ 意为"成丝性"，来自德语，常用来形容宫颈黏液在排卵前的状态。

什么这些词不在我们触手可及的地方？是谁把它们束之高阁？

"这里还有 queer bird 的词条呢。"皮普从词典的书页间抬起头，"唉，可惜，〈废〉。可怜的小家伙灭绝了。"

"废语"是又一个美丽主的无关紧要词。把未见过的词隐秘地分泌在你周身，擦亮你的牙齿。

办公室的电话响了，我本能地一跃而起——皮普对这动静没有我这样巴甫洛夫式的反应。清脆的铃声在四壁间跳跃。

"别——"我徒劳地说。皮普的手已经按在了听筒上，然后把它拿起来贴在脸旁。

"您好。"她用欢快的语气说道。这纯粹是为了我着想。她只犹豫片刻，就设计出该说的台词："这里是马洛里的办公室。"

我看见她的表情变了。她不愿让我发现她在担心，于是侧身背对我，仿佛被一记攻击擦中肩膀。

我想问她是不是那个恶作剧电话。我想对她说把电话挂掉，生出一股防御的冲动。那人找的是我的麻烦，不是她的。他威胁的是我，让我的心脏在醒来时狂跳，让惊惧掐住我的喉咙。而她该在手上涂鸦，该在酒馆的花园里唱歌，该拥抱我；他滑稽的声音、他的恶意不该触碰她。那些词不该离她耳朵一寸之近，该在边缘停下，在空气中凋零。

我发现找不出一个词，来形容为了保护她我愿意付出什么。

T 代表 treachery〈名〉变节

温斯沃思站在笼子似的电梯轿厢里，吱嘎着沉入书写厅的地下室。那里面他以前只望见过一次——据他所知，地下室是这栋楼里一片无人扰动的完好空间，遗世而独立，直到词典第一版准备付样。潮气与暗影充盈其间，外观不详、无从命名的奇异生物在整装待发的印刷机群旁沙沙作响。他在下降的电梯里划燃一根火柴，透过一闪而逝的火光，看见崭新的印刷机卧在黑暗里等待。他说不出那群机器各部位的名称或功能——在黑暗里，这些机器笨重而光滑，不知为何獠牙毕露。它们把空气染上刺鼻的金属味：像是蒸汽与油墨的预演，只待万事俱备，把《斯万斯比新百科词典》吐出来，一个词接着一个词，一卷连着一卷。

什么东西从脚面跳过。温斯沃思在电梯里退后一步。如果一帮老鼠敢在地板下面上蹿下跳演一出滑稽戏，那养一群猫的意义何在？但他在书写厅里听到的动静不像是动物，也不像只是管道胀裂或地板弯折的声音。他步入那团暗影，划燃第二根火柴；近旁的印刷机背后传来呣嗯的闷闷笑声。他绕过去，低头看。女人在凑近的火光里抓过衣服，裹在里面滚远了，在没入暗影的一堆箱子背后探出头来。这番动作又激起一阵声响。

弗雷欣没有这些顾虑。他只穿着衬衫和袜子，衣襟敞开，一览无遗。温斯沃思的火柴在空中划过一道弧线，映出他的同事正卧在地上，做出奥斯曼宫女的姿态，一只手肘支着身体，外衣充作毯子。

弗雷欣从容地张开双臂："小嗓门咬舌！"似乎因被人撞破，或因同伴露出尴尬的模样而由衷喜悦。"下来一起快活吧，我的好朋友！"

向来有流言说弗雷欣和他的朋友像这样胡混。像这样胡混——温斯沃思的脑袋绷紧了，一串委婉语给思绪镶上褶边。他听过许多关于弗雷欣风流史的闲言，淫荡的吹嘘、点评和统计表。书写厅里，人人闲谈时都视温斯沃思为无物，他在烟灰缸和排水沟里拾起话头，这简直不可避免。他一向以为这些幽会与邂逅不过是虚张声势、夸夸其谈，即便是真的，地点也是白教堂一带乌糟糟的小旅馆。但这当然不合弗雷欣的做派——他当然要在大家离开以后，把书写厅用作私人妓院。温斯沃思愤愤地想，斯万斯比宅下班后的无人时刻——这样私密、意外、不足为外人道的奢侈，也于他第一次享用的当晚被夺走了。特伦斯·克洛维斯·弗雷欣一直躲在地板下面，展现他的专长，哼哼唧唧地发情，没有一丝顾忌。

温斯沃思转身想离开。在火柴摇曳的光里，他又看见了缩在角落里的女人。她不一定是想躲开弗雷欣；她不想被别人看见。火柴燃尽时，温斯沃思认出了她盐白色的头发。

"您好，科廷厄姆小姐。"他说。她啧了一声，把衣服拉到下颌。

"拜托。"弗雷欣翘起小胡子，绽开笑容，牙齿映得闪闪发亮，"你要害她难堪了。喝一杯？"

刺，一阵火光，弗雷欣点燃身旁的一盏台灯。灯下现出一张桌子，桌上是一只打开的瓶子和两只玻璃杯。温斯沃思走过去,险些被地上的衣服绊倒。砰,砰,砰。头痛欲裂。

"科廷厄姆小姐,您还好吧?"

"好得很。"回答声音紧绷绷的,含着戒备。弗雷欣大笑起来。

"我想说'请坐',但你在场恐怕不大合适。改天吧。"

"明天见,弗雷欣。"温斯沃思往楼梯走去。

"亲爱的温斯沃思,你念我名字的发音我永远也听不腻。弗雷滋森。好像翻腾的泡沫。"

温斯沃思听见科廷厄姆小姐配合地喷了一声。"放过他吧。"她斥责道,却仍然笑着。

弗雷欣接着说:"你的模样真是滑稽,像是和树篱搏斗过一场。"温斯沃思再次举步离开,但弗雷欣的声音跟在他身后:"狼狈不堪哪——够奇怪,老兄,够奇怪的。一想到你往巴京那边去,只是因为我小小的恶作剧。你不会计较吧?"温斯沃思沉默不语。弗雷欣似乎没有留意。"再加上你走之前,还和那只鸟斗智斗勇了一番。不得不说,没想到你还待在这栋楼里。你说,这是怎么一回事,亲爱的?"他把话头递给科廷厄姆小姐。"加班?某种私人活计?"弗雷欣抬手指向他据为己有的地下空间,他的小王国。

"祝您二位晚安。"温斯沃思说。

"今晚这场偶遇,希望你不要向旁人透露。"弗雷欣的语调柔和,不带一点恳求或羞惭,却透出一丝锐利。

"不必担心。"弗雷欣注视着他,把衬衫抚平,让它刚好擦着膝盖,朝温斯沃思走近了些。温斯沃思向电梯退后一步,但没穿裤子的弗雷欣捉住他的手臂,把他拉回自己身前,像多年老友似的面对面近看。他呼出的气息甜腻而清澈。

"刚才我想说——"
"不用再拿我咬舌的事开玩笑。"

"你误会了!"弗雷欣委屈地一缩,又重新凑近。"我叔叔的朋友有个朋友,"他的胡子贴在温斯沃思的耳边,"认识一个人认识大英博物馆的工作人员。他有钥匙。能打开一些你想象不到的展厅。"

"我相信。"温斯沃思说。

弗雷欣以年轻人心照不宣的姿态耸了耸肩。他从未屈尊和某位案头同僚交谈这么久。场面剧变的力度让温斯沃思茫然无措。他忽然感到危机四伏。

"你一定听说过,"弗雷欣接着说,"上学的时候,我们聊的尽是这些。伯顿未经删节的译文,皮萨努斯·福拉克西①,还有那些——雕塑,如此种种。"房间另一头,作料小姐囫囵套上一件无袖睡裙,烦躁地摆弄着发夹。弗雷欣似乎全然忘记了她,也忘记了他们刚被人发现。"所谓不对公众开放的藏品。"弗雷欣端详温斯沃思的面孔。"不过!我和我叔叔手上有些关系,明天夜里包场参观!欢迎我回到伦敦这座大泥潭!"弗雷欣放声大笑,"你看这样如何?"

"想必会十分尽兴。"

这句话又替温斯沃思惹来一阵大笑。弗雷欣似乎只会大笑。"伊丽莎白也去了。"弗雷欣向科廷厄姆小姐的方向点头示意。她坚决地和温斯沃思保持距离,下颌绷得很紧。

"索菲娅呢?"温斯沃思问。

弗雷欣狡黠地一笑。"这个嘛,某些主题和活动或许不太适合像她这样的人。像这样的夜晚会相当

---

① 原名 Henry Spencer Asbbee(1834—1900),图书收藏家、作家和书目编纂者,以用笔名"Pisanus Fraxi"出版的三卷本色情文学地下书目而闻名。

嘈杂。"

"好像这就能把她吓走似的。"科廷厄姆小姐鼻子里哼了一声,"她不是还把她的收藏品从蛮荒的干草原不辞辛苦地带到这里卖吗?"

"但是!"弗雷欣原地转身,"我发现自己疏忽了!"他把脸凑到温斯沃思跟前,近得温斯沃思简直可以吻他。两人的腿彼此抵着。弗雷欣微微冒着酒气,胸口滑腻凉爽。温斯沃思觉得自己从来没有这么肮脏过。"依我看,你必须加入我们寻欢作乐的行列。别绷得太紧,我的好兄弟——你总是一副眉头紧锁的模样。在一千五百英里学会里,你一杯酒下肚以后就好多了——你说呢?想去吗?有什么感兴趣的物件?只要我叔叔有意,他能把场面办得热热闹闹的。"

当然,弗雷欣回到伦敦还不到一星期,就筹划在博物馆里聚众淫乱。当然,他裸着半身站在这儿,裤子不仅没穿,而且丢在房间那头的地上,可他仍然占着上风!

爆炸的颜色烧得温斯沃思的眼底生疼。

为将来的事业着想,这个古怪的邀约还是接受为好。这想法让温斯沃思胃里恶心,但终归是事实。

倘若能打入弗雷欣密友的小圈子，谁知道将有怎样的未来向他敞开：他尚不能想象的脱身之法，他盼望的无数种可能。

"谢谢。"他说。

"那说定了！午夜后在博物馆见：我们会让你见识到，什么叫作舒心的晚间活动。"

科廷厄姆小姐又笑了。弗雷欣回视温斯沃思，时长超过了必须。台灯又噼啪一声，摇曳的影子扫过这短暂定格的一幕：斯万斯比宅的案头与外勤人员，一个满身干涸的血迹与煤灰，一个燃烧着生命的欲火，手挽着手，站在威斯敏斯特一间地下室里。

U 代表 unimpeachable〈形〉无懈可击

"马洛里不在。"皮普接电话的语气明快而职业。我竖起耳朵,分辨听筒里有没有响起骚扰者粗糙、喑哑的机械语音。我想悄悄挪到她身边,但她把电话线绕过肩膀,坐在椅子上转到我够不着的地方。

"我是谁?"皮普重复对方的问话。我贴着颈动脉比了好几次"挂断"手势,但被她挥挥手无视了。她开始磨牙,不知道这个声音对面听不听得见。

天花板又落下一小块墙皮。我看着碎裂的灰泥在空气里飘浮,悠悠地落在我肩膀上。

"没有,对,你的事我都听说了。"皮普说,"你知道吗——不疼不痒,老兄。你害怕词典要修改某个词的定义?我们都嘲笑你,你能想象吧?你那尖细的元音,你打恐吓电话。你知道马洛里每天回家惦记着你的破事吗?我不是什么暴力分子,但我问她怎么回事,她说了,然后我一想到你窝在你的小屋里,就想用割草机把你的头发剃光。你知道还有哪些话的意思和从前不一样了吗?嘴巴放干净点。还有哪些?Girl. Sanguine. Spinster.① 别,别问我怎么变的,为什么变;我不在意。说真的,我一丁点儿兴趣也没有。是马洛里在我们俩吃一顿好饭的时候讲给我听的,而我全神贯注,想别咬到舌头。如果你那么在乎,自己查去。显然你闲得没事干。你还打电话吓唬谁了?天气预报员?潮汐表记录员?不管记录潮汐的人叫什么吧。我猜你恨不得现在还讲拉丁语。不对,我猜你连拉丁语对我们语言的影响也看不顺眼,恨不得现在还讲比那还老的老祖宗语言。盎格鲁-撒克逊。朱特。我不懂。拜托你别纠正。我一点概念也没有。你就是个恶心人的小废物,专喜欢吓人,像《格林童话》里的妖怪。格林兄弟,他们俩也写了一部词典,对吧,马洛里?你是不是给我讲过?"

---

① 这三个词的词义分别是女孩、乐天的、老处女。

"我——"

"所以你给我听好,"皮普伸出一根手指戳破面前的空气,衣领下和脖子上的皮肤泛起血色。"你个小蠢货。别,别向我道歉。我请病假翘班可不是想听你用快速拨号在这儿,那什么,哼哼唧唧。我不知道你是什么毛病——恐同?怕改变,怕语言,怕同性恋,什么都怕?还是觉得跟不上时代,你的地盘和时间从一本谁也不会读的书里抹去了,你没法接纳——听我的用词,'接纳'!——这件跟你没关系的小事?今天我学会了一个形容林鸽的新词——它可比你重要多了。你知道你在对谁说话吗?要我说,就是词典本身。你说,你不想让某个词的定义改变,变得符合时代,所以在楼里安了一颗炸弹?好,现在我就是词典,我要用最炸裂的语言跟你说,滚蛋。"

她把听筒摔回电话机上。

"他早就挂了,是不是。"我说。

"一发现接电话的不是你就挂了。"皮普说。

我走到她身边,抱住她,把脸埋在她颈窝的亲密区域。"割草机?"

"说出来很爽。"皮普回抱我,"哦!"她对我的发际线说,"又找到一个。"她指着索引卡堆里的某一张,手指在纸上摩挲。

电话铃又响了。

楼上有动静。嘎吱、咚咚或砰。我们抬头盯着天花板。

paracmasticon〈形〉在艰难时期用狡猾的计谋寻求真相的人。

"我去看看。"皮普说,"别接电话,听见没?"

"好。"我说。

皮普晃出办公室。电话铃还在响。我等了一会儿,听见皮普走上楼梯的脚步声,然后拿起听筒。

"我说到做到。"电子音说。变声以后,我听不出语调有没有升高。也许只是臆想,但他的吐字似乎变快了。"祝你愉快。"

"愉快?"我问。

"愉快。"那声音应和道。

"愉快。"我重复。

"谁?"对面那人说。"哦——等等——"听筒里传来手机从低处摔落的模糊动静,一串自动调谐的机械音，沮丧却没有起伏。完了——完了——完了。

　　楼上同步响起咚的一声。火灾报警器放声尖叫，嘹亮得仿佛在我血管里跳动。

V 代表 vilify〈及物动〉毁谤

出租马车在他的住处旁停下,温斯沃思精疲力竭,付给车夫一大把小费。数硬币对智力和体力的双重考验忽然使他承受不住了。他踉跄着奔上大门口的台阶,扑进屋,积聚起浑身的力气,反手甩上门。

脱衣就寝前,温斯沃思抬手把斯万斯比公文包扔到卧室另一头。他蔫在床上,鞋子滑落下来。内在的精神只余下萎靡和耷拉的同义词。陷进床罩,外衣滑落在地上,半空腾起石头与沙砾的烟尘。这身衣服毁于对这一天的记述:沾满蛋糕糖霜的裤兜,猫呕出的毛球,破碎的蒲公英花冠,鹈鹕血,墨渍,巴京的石砖粉末。他苍白平庸的身躯因为卧室的寒气已经起了鸡皮疙瘩,弗雷欣却在书写厅地下的黑暗里，半裸着时仍十分自如。他为这对比沉思了一会儿——好一会儿——然后拉起床单蒙住脸。床单，他想，抹消了人对时间的需求。他往里缩了缩，练习洛克福特-史密斯医生建议的呼吸法。呼，吸，随着脉搏的节奏吸气、吐气，几轮以后他就睡着了，袜子也没有脱。该有一个词形容第二天早上他醒来会有多难受。

醒来，梦见的事都忘记了。他只记得疯狂的鸟舍，必须逃离的决心——关在笼子里的橙色小鸟，踩高跷的鹈鹕，半梦半醒的脑袋里充斥着乱糟糟的曲调和扑扇的翅膀。这是温斯沃思多年以来破天荒地没有梦见词典。醒来后，他第一个念头是杰罗夫教授。他想象教授翻开这一天的粉蓝索引卡，他创造的假词夹在真实的词条之间，每一个都得到教授首肯，仿佛同样真切和牢靠，随即静静地被整理归档，待在书写厅上方斯万斯比宅顶层的教授书房。

温斯沃思想不出醒来时该作何感想，是解脱抑或愧疚抑或期盼：必有其一，也许三者兼有。他该感觉自己的伎俩得逞？或是感觉报复？搞鬼？可是现在他只是感到一种新的麻木。世界没有改变，清晨遵循最惯常的定义展开。他躲在床单底下，睫毛扫过床单里侧。他聚精会神地感受微不足道的压力。再试探一次自己的感受。不像昨晚那样疲惫，但也并不安宁。远远谈不上轻松。

他从掉在地上的外衣里摸出火柴盒，点上灯，火柴擦燃的声音和骤然生出的热气让他心里愉快。一阵短短的白日梦不请自来：书写厅失火了。他想象火苗在办公桌之间蔓延。他想象一团火焰蹿上档案夹和鸽子窝，刺鼻的墨水气味从一页页纸上剥落开来；火光徐徐行进，蚕食着不堪重负的天花板。温斯沃思从炉火旁走开，踏入工作日的现实领域，头脑里不再有漂浮的旋律和游荡的词语。领带要拉直，下巴上的胡茬要清理。

他想起这一天是斯万斯比全体同事合影的日子。洗漱台的镜子映现出他苍白的面孔。他头一次发觉眼镜的鼻托在昨天的爆炸里积了煤灰，鼻梁上横过一条战士脸上的油彩似的细痕。枕头上也印了相同的一道。他恍惚地抹去污渍，打开水龙头冲洗脸和腋下。他揉搓粉色的香皂，直到揉出绵密的泡沫，每个动作都缓慢、仔细。他把泡沫抹在脸上，闭眼抵挡水流的冲击，直到周围满是香皂泡沫和洁净皮肤的气味。他把胡茬刮净，不出所料，下巴上割破了一道。又是同一个地方。心不在焉，他责备自己，总是犯错。

夜里下过雨，窗内外结了一层薄霜。他感到寒气渗入头发和脸上。

斯万斯比宅的上午和平日一样过去了，文员和词典编纂者静静地追逐各式词条，辩论词义。比勒费尔德低声哼哼，阿普尔顿不时吸一阵鼻子，温斯沃思低低地埋着头，翻检 S 开头的单词。斯万斯比宅里已经有些人听说了巴京的事，前来表示同情、好奇或者兴趣。讲故事不是他的长处，于是这些交谈都很简短。他向过来打扰他工作的人一一解释，真的，巴京的事他几乎全都不记得了。人们做出惊讶、失望、无聊的样子，离开了，留他自便。每当他发现弗雷欣和白发科廷厄姆小姐现身于书写厅，或者从他的办公桌附近走过，就抬头看上几眼。推着柳条邮车的男孩挨桌收集索引卡时，温斯沃思的表情纹丝不动。

一点钟整，杰罗夫教授从书房现身，从书写厅顶的长廊里向他们讲话。他站在时钟正上方，长髯顺着阳台的栏杆倾泻下来,像校长似的宣布:摄影师已经在中庭准备就绪。诸位先生无须佩戴礼帽,给大脑降降温。科廷厄姆姐妹对视一眼,没有把头饰从白发和黑发上摘下来。砰、砰、砰。然后是椅子腿划过地板断续的摩擦声,墨水瓶盖归位迟钝的叮当声;所有人都开始捋直袖口,抚平头发,一排接着一排,从书写厅鱼贯而出。

为了取暖,斯万斯比的员工们在庭院里上上下下地跺脚。温斯沃思留意到,阿普尔顿戴了一条新表链,比勒费尔德的皮鞋擦过了,还把发缝换了一个方向。人人都专注于把髭须梳理整齐,肩膀使劲向后收,站成在书写厅里从未有过的挺拔姿态。词典编纂者的肩膀是惯于拱在桌上的。大家顺着斯万斯比宅的墙壁,在相机镜头前按身高站成几排。温斯沃思发现弗雷欣置杰罗夫的指示于不顾,一门心思地往画面中心凑,坚决得如同握有不可置疑的伟力——弗雷欣的面色毫不动摇,一言未发,他的同事却纷纷让出路来。另一场胳膊肘博弈就不那么顺利了:格洛索普缀在弗雷欣身后,好和他站在一起。

"等一下!"摄影师不能容忍了。"小个子那位！对，就是你，绿手绢！请你回到前排去！"

摄影师的声音洪亮而威严，格洛索普不由自主地听从。温斯沃思嫉妒有人能有这样的嗓音。照相机支在三脚架上，蒙着布，摄影师在后面忙活，看着聚成一堆的词典编纂者，难掩蔑视。他涨红了脸，操着发号施令的音量说他今天刚去肯辛顿给一支吵吵嚷嚷的足球队拍了照才过来，现在一点也不想白费口舌了。斯万斯比的员工都低头盯着脚背，摆弄起衣领来。

善解人意的斯万斯比教授试图驱散阴霾，他向摄影师询问起相机的部件和摄影的步骤（"氯酸钾，我的天哪！"）。这些话奏效了，摄影师与拍摄对象之间紧张的气氛有所缓和。斯万斯比宅的工作人员不安地微微挪动，摄影师低头钻进黑布。在三脚架后，他化身为一种肩背佝偻的新型怪物：玻璃眼的独眼巨人，伸着六角风琴状的长鼻子。

"等你们准备就绪……"

温斯沃思的脖子绷紧了，嘴巴发干。他向来不太适应有人注意他的感觉，现在几乎和接受洛克福特－史密斯医生的诊疗一样难受。他稍稍往弗雷欣的方向瞟了一眼，看见后者整齐清爽的西装轮廓、闪亮的衬衫衣领、网球运动员般的肩膀,那张脸上一定挂着大、大、大获全胜的微笑。

"看镜头!"摄影师说。闪光粉在中庭的砖墙前爆开炽热耀眼的火光,一闪即逝、难以名状,恐怖而熟悉的颜色。

他们上方有什么东西在动——轻巧,微不足道,却足以让温斯沃思留意。也许是常春藤叶在晃,或者有人开窗?温斯沃思抬头看斯万斯比宅的窗户。他眨眨眼睛。

深色背景上现出清晰的白色轮廓,索菲娅·斯利夫科夫娜的面庞围在窗框之间,凝视下方的人群。她的神色平静,高雅,姿态轻松自如,像坐在歌剧院的包厢。

不是他自作多情:即使从这样远的地方看,温斯沃思依然辨认出索菲娅径直望着他,一根手指搭在唇上。

W 代表 wile〈名〉诡计

火灾警报吵得我牙疼。那种声音让每一根神经都坐直求饶,逼着冲击力顺着牙龈渗进牙齿。

"皮普?"

我扔下话筒,抓过装假词的信封,跳起来冲向办公室门口。进到走廊里,我的眼睛开始发痒。过道里雾蒙蒙的,墙、扶手和踢脚线都成了波动状态,让人稳不住视线。我使劲想看真切,发现脚边跑过一个熟悉的轮廓。是踢踢,从来没见它跑得这么快过。它跳下楼梯,消失了。

烟雾灌进走廊。

我的心好像忽然跳到远处。楼上传来咔嗒一声闷响,什么东西掉在了地上,然后是木头金属或者石头突然倒下的动静。我用百米冲刺的速度飞过走廊，奔上楼梯——楼梯扶手已经被一个世纪前的词典编纂者盘得滑溜溜的——闯进楼上的禁地。走廊中间有扇门开着，于是我冲过去。现在回想，空气里有某种化学物质燃烧的气味——但也可能只是大脑的错觉。我奔到门口，看见乳白色的烟雾绕着门框弥散开来，我一个趔趄跌进去。

屋里弥漫着浓烟。我认出两个扭打在一起的人影，仿佛是雾气凝成的：最先浮现出来的是胳膊肘和膝盖深色的棱角。两人都在咳嗽。我能从一千米外认出皮普的咳嗽声——这也许可以当作爱情的定义之一——我循着声音，边走边喊她的名字。声音像羊叫。这间屋子容纳的物体既模糊又难以应付，融化成不怀好意的云团和暗影，彻底吞噬了所有细节。我喊着皮普的名字，跌跌撞撞地走着，后腰撞在一张办公桌或一张长桌或一个幽灵身上。

"这边！"皮普说，"我抓住他了！"

我来到她身边，和她同声咳嗽，手往前探，摸索她的肩膀，摸到一种质地陌生的衣料，是被浓雾包裹的另一个人的肩膀。一切都是灰雾、热度、棱角，脚边泼开一层碎玻璃碴。我揉了揉眼睛，盯着地面，看见一小团着火变形的电线，冒出一股恶臭，噼啪作响，源源不断地喷出白烟。还有一个男人——大卫，在这么近的距离之下，我认出了他的身高和动作——不住地跺着地上的包裹，挣扎着把皮普从他胳膊肘上甩开。

他用嘶哑的嗓音绝望地念叨着："完了——完了——完了——"

是那家伙去掉变声器的声音。我从一百万人里也不会认错。

头顶响起轰隆和噼啪声，我们三个都扭过脖子，注视烟雾深处。那边的烟最浓。我们看见一道可怕的火苗，顺着墙角爬上天花板。黄色，红色，琥珀，杏黄，茶褐，金黄，黄铜，蜜瓜，胡萝卜，珊瑚，绯红，红铜，朱砂，柠檬，余烬，燏，黄褐，镀金，姜黄，散沫花，桂榴石，蜜糖色，火山红，橘子酱，金盏花，米摩雷特奶酪，黄鹂，赭色，红毛猩猩，红辣椒，南瓜，赤色，红褐，淡红，橘红，血红，沙色，锰铝榴石，蜜橘，茶色，虎纹，黄玉色，橙红，朱红，沃蒂艾克人，黄针铁矿——

"完了，完了，完了。"大卫的声音又在耳边响起，和火灾报警器的节奏完美对应。我被那团冒烟的东西绊了一个趔趄，抓着皮普的胳膊才堪堪稳住。

头顶那团橙色一个深呼吸，咆哮得更响了，把我们三人震得往后退。天花板刹那间漫过一层火焰的涟漪，热浪卷过我的头皮。

皮普一手抓着我的衣领，一手揪住大卫的袖子，冲他大喊着什么。难以想象，是什么样的本能在她身体里奔流，指引她行动，使她决意向前。她把我们两个跌跌撞撞的斯万斯比人拽出满是烟雾、半是火焰的房间，丢下楼梯，躲过落下来的一根横梁或过梁或楣梁，噼啪，砰，石屑纷飞。

我们从楼梯上滚下，挣扎着爬起来。一团咳嗽的无言的人形。我们拽着彼此的领子，径直跑出大门，冲进夜晚的空气。

X 代表 x〈动〉以 x 标记

在摄影师拆卸照相机,词典编纂者祝贺彼此站得多么直、多么久、多么整齐的时候,温斯沃思找了个借口,溜回室内。没有人发现他离开。他一步两级冲上楼梯,惊飞了一群群卧在左右的踢踢猫,奔上台阶,绕过转角。他微微喘着气,在心里模拟建筑布局,想在结构图里叠上高处索菲娅的面庞闪过的那一扇窗。向左还是向右?上到三层,他倚在扶手上歇了一阵,平复急促的呼吸。

"有人吗?"

索菲娅站在走廊里,穿着白衬衫和明丽的橙色裙子。温斯沃思向她走过去,小心翼翼,不想显得步子太急。走廊两侧的书架一直排到尽头,填满了语言学家和学院教授装帧呆板的专著。这条走廊比楼下的书写厅昏暗得多。她站在书架旁，手上戴着手套，扶着一本书的书脊。看见温斯沃思走过来，她对他一笑。她戴着一顶小巧的圆帽，推到脑后的发间。金鱼草花纹，饰针上别着一根羽毛。

全然出于习惯，咬舌钻进他的唇间。"斯利夫科夫娜小姐。"温斯沃思说。他握着她的手，微微欠身，在外人看来是恐怕是一阵精神错乱的震颤。"《斯万斯比新百科词典》是不值一提的。"

索菲娅容光焕发，光彩照人，总而言之是"脸色红润"最美的同义词。

"你来见弗雷欣。"温斯沃思继续，似乎不能容忍两人之间有片刻沉默。他的话在空气里冷却了，散作杂音。

"不是，不是。"她的声音清浅而朦胧，虽然笑着，却有一丝空洞。温斯沃思走近了些，在两人之间的几寸空气里闻见一缕淡淡的酒气。这是他不曾预料的。他茫然了片刻，以为是他自己身上散发出来的。

她眼睛亮晶晶地看着温斯沃思，眨了眨眼，仿佛刚刚醒来。"再见到你真高兴！新钢笔好不好用?"她拍拍他肩上看不见的尘土,欣赏他的样子。温斯沃思喜悦于她新的举动和细心的关切。"万分抱歉,让你在楼下的典礼台上分心了。"她又说,"这不是体面得很嘛!没在拦截鹈鹕的时候,你也是一表人才的。"

"刺鹈鹕脖子的人如此评价我,我姑且认为是赞许。"

"我是给它动手术。"

"的确如此。"他用拇指向楼下比画了一下。"并且我也很乐意从那里离开。你从上午就在这里吗?"荒诞的念头,仿佛不知道上帝还是恶魔曾经密切地注视你无知无觉地工作。

"大约十分钟以前来的。人人都忙着,于是我想,不妨喂饱对这个地方的好奇心。"她抬手示意走廊深处,"特伦斯说过这里有猫,但我没想到有这么一大团。"

"一群猫要说一群。"

"但它们的确是一团团的,是不是?"

"目前还不是我的工作,我所知有限。很抱歉,你来时门口没有人接待——"但是索菲娅没有听。她沿着书架走向长廊深处,漫不经心地触碰书的封面。一面走,一面用手指滑过书脊。一本书的书衣被她轻轻钩住,划破了,她没有发现。

温斯沃思追上来,跟在她身后。斯万斯比宅三楼的走廊他没有上来过。这里大约是斯万斯比教授处理词典经营事务的场所:没有工具书和原始资料,取而代之的是分类账簿和账单,教授在办公桌后起草对公众的倡议,请他们为了更崇高的利益提交词语和词义。

索菲娅说:"希望你们不要介意,我趁着大家都在楼下的时候参观了一番。"

"可以问一问你对这里印象如何吗?"

"中央的大厅实在壮观极了。我吃了一惊!一座庞大的工厂。"

温斯沃思被嫉妒蜇了一下。他已经不能用新鲜的眼光观察这个地方了。他想象索菲娅信步走过办公桌间的过道——经过他的桌旁!——像游人一样,在空旷的大厅里漫步,不必忙碌,也不必因工作的重压而假装忙碌。他想象自己心中仅有陶然和闲适,徜徉在书写厅时的情形。对他而言,这间大厅已经和其内的工作太过繁密地交织,成了颈部的痉挛、多年书写在中指上磨出的厚茧的同义词。索菲娅走过斯万斯比宅的心脏，看来并没有复核资料时砰、砰、砰的头痛争相涌入脑中，也没有紧跟着纸割破手的念头，没有阿普尔顿吸鼻子的动静。她可以顺着自己的心意，信步闲庭，不是观看一部费尽心血的词汇表，而是如同游览修道院或美术馆，石窟或藏骨堂，视心情而定。他想象索菲娅的手指探入书写厅墙上的一只鸽巢，触碰里面淡蓝色的索引卡，因他们这番决心与勇气而惊异。

即便在幻想里，这一幕都无法实现。他想象她缩回手，仿佛被灼伤了。

索菲娅说道："昨天，我们在咖啡馆促膝交谈、恢复元气以后，特伦斯和我绕着一座博物馆散步。像那样让你离开，他很难受。特伦斯非常在意这部神圣的词典，我确实觉得为了它，他有点不近人情。但他又说，昨晚在书写厅还碰巧遇见了你，真希望他向你道过歉了——不得不说，怎么能让你们工作到这么晚。"

"他说他遇见了我？"

"他说了。"

"他说了。"弗雷欣出现在昨晚漆黑的地下室里，前额汗津津的；科廷厄姆小姐躲在簇新的印刷机后；

黑暗中飘来笑声。温斯沃思低头观察袖口。

"我们回楼梯井去吧？"索菲娅问，"这条走廊不像是去往什么有意思的地方。"

温斯沃思伸臂让她挽住，二人由原路返回。"弗雷欣有没有和你说过巴京之行的结果？"

"没有。遇见什么有意思的事了吗？"

怪异、可怖、不容定义的颜色。

"没有。"

"语言不眠，是吧。"索菲娅说着，笑了起来。笑声紧绷而高亢，温斯沃思认得这样的笑。他能够编纂一整部假笑词典。每当忧虑粘住嘴、扭曲喉头，他就会发出这样的笑声，否则他就会因情绪而破音。一路上，他看见她抬头望着天花板，仿佛寻找合适的措辞。

"斯利夫科夫娜小姐——"

"这不是我的名字。"索菲娅说。她的声音又明快起来。仿佛这只是无关紧要的细节。温斯沃思脚下一顿。索菲娅还在向前走，他只好被扯得紧追几步跟上她。

"我的确没有听懂。"

"是我的错。"

砰、砰、砰。"该不会是——我应当称呼您特伦斯·克洛维斯·弗雷欣夫人?"

索菲娅真正的笑声在走廊里漫开,这一次是她停下了脚步。她面向他,毫无掩饰地绽开真切、纯粹、发自内心的笑容。

"不是!没那回事。快划掉。"

温斯沃思像糨糊一样。

"天哪,可怜的家伙,别这样!"索菲娅从脸颊上擦去一滴笑出来的眼泪。"哎呀,请别介意。"

温斯沃思等了一会儿。

"我不愿意向别人透露我的真名——"她突然开口,惊起了一只卧在她脚边的踢踢猫——"恐怕你听到的是我即兴发挥的自我介绍。"

"也许我记错了,"温斯沃思知道他没有,"这个姓氏是弗雷欣告诉我的。"

"是吗?"索菲娅的笑声向高音区扬起,"当然,不会放过细节,眼力可嘉。我敢肯定你是对的。我和特伦斯,我们两个合作得很默契——有时,在这种事情上,我很擅长和他打配合。顺着他画出的线继续,可能再添上两笔。但现在我明白,我让你难过了。"她做出道歉的苦相,坦率地说,"对不起,没有和你说真话。"她展颜一笑,眼睛周围放松下来,"名字而已,小佩什卡①。没有那么重要。"

"弗雷欣的话一个字也不可信。"温斯沃思说。

"是啊。"索菲娅说,胳膊从他臂弯里收回来。

"并且也许——容我失礼——也许,他的事,他做的事,有一些我比你更了解。"

"我想,我知道的很多。有不少事情我什么都知道,什么事情我都知道得不少——哪个好听就用哪个吧。"

话必须说得精准、坚决,比呼吸更为紧迫。"我遇见他了。昨天,"温斯沃思说,"昨天晚上——"

"准确说来,"索菲娅说,"我想你看见他与别人在一起?"

一只猫一头撞上温斯沃思的脚踝。

"而且,"索菲娅继续说,"也许他处于某种宽衣状态?啊,佩什卡,"她碰了碰他的额头。"你是真的为我担忧。"

"对不起。"他说,然后声音变大了,"你不在意吗?"

---

① 原文为"peshka",俄语意为象棋里的卒子。

"少有什么能让我在意。"她捏捏他的胳膊。她只是因为他忧心而忧心。"不检。不忠——"这些词好似在她说出口时就离她而去,仿佛在她看来无聊至极。她端详他的面孔。就在五分钟以前,他还愿意付出一切,换取这份亲近的距离、这份专注的凝视。"我想,这件事并不特别引起我的兴趣。"她说,"温斯沃思先生,如果我可以对你直言的话。"

"当然可以。"他说。

"我很清楚特伦斯与人交流的方式。"她做出一副怪相,"但是,天哪,听听我说的话——不检,交流。来这座岛上区区几天,你们隐晦的委婉语我已经说得这么顺口了。"

"交流,交游——"

"交欢,交缠。"她兴致勃勃地接道,乐于有人邀她做文字游戏。"我想,你也有自己的秘密吧?"温斯沃思没有答话,索菲娅停下来,抬头凝视天花板。"你觉得我说话无情。你难过了。"

"这话不应当由我来说,"温斯沃思又听见一阵迷人的笑声。他等索菲娅笑完,咬咬牙。"弗雷欣是个白痴。"

"他就是白痴的恰当例证。"索菲娅说,"不过,是个有用的白痴。嘴巴还甜。他说他会为了我,给《斯万斯比词典》的国际象棋词条填满有关俄国的内容。我想,这是百科全书词条最贴近爱情信物的模样了。"

"你为什么会来?"

"实话说,"游戏结束了,索菲娅有些泄气,"我是为了保证你能收到今晚聚会的邀请。我可以向你保证,这次会比我们第一次遇见时更生机盎然。"

"今晚的事你知道?"

"首倡者就在你面前。"

索菲娅·非斯利夫科夫娜愉快地看着温斯沃思不可置信的表情,用肘轻轻推了推他。"特伦斯说你在这种场合太娇气,说不定还会反感,但我知道你一定喜欢。舒展舒展四肢。词典编纂者最欣赏的不正是直白无遗吗?好了,没必要把小脸绷得那么严肃,彼得。"

拘谨的彼得。口齿不清神经过敏一本正经的彼得。他的名字从她嘴唇间吐出,而他受的冲击没有把房间掀翻,没有让心脏爆炸成一团从未有过的奇异颜色。温斯沃思把胳膊挪开。"很遗憾,我今晚有约了。"

"胡说。"索菲娅说,"你完全不会撒谎,我希望你来。我要求你来。"

"要求?"

索菲娅眼珠一转。"这份邀请可不仅是陈述,而是规定。来吧!放松!在雕像和其他玩意儿之间适当地活动活动。"

"让人汗毛倒竖的正是其他玩意儿。"温斯沃思说。

"汗毛倒竖,天哪。"索菲娅说,"我没有开玩笑,你会不虚此行的。"

"这——不像话——"温斯沃思含含糊糊地回答,但索菲娅并不买他的账。

"不虚此行可不是说——上帝啊,究竟是什么让你害怕成这副模样——肮脏、污秽,心怀淫欲地弄脏手指——"

"索菲娅,请别拿我取笑。"温斯沃思说,努力遏住她的气势。

"我没有那个意思。"索菲娅说,"对不起。"

她探身去吻他,轻轻地,在他脸颊印下一个 x。

"今晚的聚会有一道暗号。你要说得出,才能进去。"她说,"刚才特伦斯嘲笑你,说你会被挡在门外，口齿不清地瞎猜。他说你会去。"

温斯沃思没有动。她凑近，仿佛要在他耳边低语，但他偏过头，往后退了一小步。她笑了，绽开一串清亮的笑声，然后离开他，迎着返回室内的斯万斯比宅员工款款走下楼梯。众人鱼贯而入，依次向她脱帽致意。

她回望楼梯尽头，想要与他对视，但温斯沃思已经消失不见。

Y 代表 yes〈叹〉对

尘埃落定,我嘴里含着一些名词、动词和形容词。我可以挑出最贴切的,可以挑出于我而言最直白、最密切的,也可以挑出最实用、最能容易感知、最激起共鸣的。我也可以花一番功夫组织语言,说说当我们站在烟雾笼罩的斯万斯比宅旁边时,威斯敏斯特大街的人行道上发生了什么,说得有力、连贯、精确。这是负责任的举动。

简洁至上。

所以,怎么回事?消防车的警笛与斯万斯比宅的警报合奏。这我记得很清楚,我还记得门外的人围了一圈又一圈——今天第二回了!——揉搓面孔,掩住嘴,给这栋楼拍照。每个人的脸上尽是震惊、困惑与好奇。皮普、大卫和我从着火的楼里弹出来,人群退开几步,让到两边。我们冲下石头台阶,咳嗽着跌坐成一堆。

"让他们透透气!"我听见。"给他们让开点儿地方!"

有人扶起我们三个,走到斯万斯比宅的阴影之外。也许是消防员,也许是围观的人。有人把我们铲起来,栽到路旁一根柱子边上,我记得有个人在检查皮普的状况。她就在旁边,我一低头就能看见我们手拉着手,但我仍然像寻人似的,一遍遍地喊着她的名字。还有一个人在照料我,声音和蔼,制服上有好多枪套和皮带环。我越过他的肩膀注视着皮普。

她的视线与我相遇。她脸色苍白,眼圈红红的,额头蹭了一道灰黑的污迹。

"你还好吗?"她哑着嗓子问。她又问了一遍,这次清楚了一点儿。她喊得那么用力,仿佛声音得穿越遥远的距离,尽管我们靠得很近。

"我没事。"我说。在清脆、脆裂的空气里挤出一声古怪的喘鸣。

皮普等了一会儿,隔着医生的肩膀,对我说:"我也没事。"

她没事。没事。皮普没事。没有别的更重要的事了。

所以,怎么回事?

根据事后的拼凑,大卫应该是由附近的另一位医护人员照看的,那人指着大楼,大概是在提问。皮普记得她看见大卫向医生点头,仿佛在交谈,但她留意到大卫听得并不专心。踢踢被大卫抱在怀里:盖着他的毛衣,卧在他臂弯。从衣服底下的动作里能看出,踢踢正在扑打他衬衫的前襟。假如我自以为对踢踢有点了解的话,它应该正在打呼噜。我望着大卫·斯万斯比目睹他的帝国毁于一旦,看见两只毛茸茸的耳朵和踢踢的头顶从他领口冒出来。这是警方报告、报纸新闻、大事记不会收录的细节。一瞬间,斯万斯比词典的末代主编化身为双头怪兽,火场的污渍在他两眼周围印上一圈烟灰做的面具。

我记得我一手握着皮普,一手抓着装假词的信封,把它们紧紧贴在胸口。

可是，怎么回事？

楼上玻璃噼啪一声裂开，围观者的哦啊一下子拔高了。我们一致本能地退开，抬头看：斯万斯比宅的一扇窗里腾起火焰，我和皮普几分钟以前还在那扇窗户后面工作。词典是助燃剂。红与橙的火舌侵入傍晚的天空。两个游客拍下了照片。

"里面还有人吗？"有人问我，我不假思索地摇摇头。皮普后来告诉我，听见这句话的时候，她正看着大卫·斯万斯比。他站在人群里注视火光，心不在焉地轻拍脖子上的猫头。皮普说他脸色尴尬，像是没能与船共存亡的船长。

皮普后来原原本本地告诉了我，在我办公室楼上烟尘弥漫的房间里撞见大卫·斯万斯比时，她看见了什么。她一眼发现大卫脚边有一部手机，不知是他踢开还是不小心掉下的，屏幕还亮着。她迈过门槛，看见大卫正手忙脚乱地扑灭从他手里的包裹中蹿起的一丛蓝色火苗。事后我们得知，那是一枚带定时器的炸弹。大卫想设置时间，却不得要领——后来他在法庭上幽了一默："我是文字工作者，不擅长和数字打交道！"旁听席里一个人也没笑——反倒提前把炸弹引燃了。他在庭上供认不讳,认栽似的耸了耸肩。

皮普说,她立即闻出来了:酸痛刺鼻,是电路起火熔化的气味。

"他面色惊骇。"皮普说,这个词在她口中突兀且硌牙。起火当晚,她尽己所能用精准的语言向在场的警员叙述了所见的一切,又把那些句子在警察局复述给其他警员,几个月后又说了一遍,这一回是穿着她专为婚礼、葬礼和面试准备的西装外套出庭作证。每一遍都字斟句酌,尽量不牵动情绪,告知、泄露、披露事实真相,和她所见的一切细枝末节,其余一概不提,依记忆用词语拼写出当时的情景。可即便在我听她陈述的时候,在她怀疑自己、让我帮她检查有没有错误和疏漏的时候,几个月以来,我仍然没办法全盘接受真相。换个方向理解世界不是件容易的事。

但是拜蜂拥而来的报刊和网络新闻所赐,想无视真相的各种截面当然是不可能的。火灾当夜就有几篇报道,猜测起"昔日辉煌的大英机构《斯万斯比词典》的凄凉末日"之时发生了什么。斯万斯比宅平静无聊的日子在那些报道里摇身一变,显得跌宅、恢宏、让人敬畏。我留意到，每一篇报道里，大卫·斯万斯比的照片都在发表前微妙地调整过，轻轻拖动滑块改变滤镜或者色彩饱和度，让这位编辑脸上的每一道棱角、每一丝怒容都纤毫毕现。我记得在火灾现场，他平静而茫然地站在SW1H[①]街区的路旁，抬头望向斯万斯比宅，怀里抱着猫。可以说是哼着小曲散步的模样，就是那样冷静。新闻里那晚拍摄的照片却正相反，全都不容置疑地流露出文森特·普赖斯[②]和克里斯托弗·李[③]的气质。

我还留意到，那天晚上拍下的许多照片在刊登以前都不辞辛苦地修过图，给他的毛衣领子去掉了猫耳朵。把无法解释的削平，把无关的抹去，免得观看者分心。

但是，究竟怎么回事？

有公开报道可供查询。媒体的版本是这样的：斯万斯比家族的产业传到大卫手里时，已经少得可

[①] 伦敦该街区的邮政编码。
[②] Vincent Price（1911—1993），美国演员。
[③] Christopher Lee（1922—2015），英国演员，曾出演《魔戒三部曲》等电影。

怜，岌岌可危。家族的名声和事业都落入谷底，他深陷财务危机，这部愚蠢的词典也令他难堪。要是把报道一篇篇排开，细细阅读，这些伪劣的闲言碎语还挺好玩的。怯懦、失算、骗保、诡计、设局，这些词频频出现。我还记得有一篇报道甚至编出了**《并非无害的苦工①》**这样的巧妙双关标题，标题下面是一张照片，大卫坐在警车里，表情茫然。故事就这样流传了一个星期：《斯万斯比词典》这部"国家宝藏"（参见：【古怪】【可笑】【无容身之地】)，落入经济状况如此艰难，人员结构如此干瘪的境地，乃至它的最后一位编辑试图制造一场史诗级的爆炸事件，以骗取保险。

根据这些报道，正如《斯万斯比词典》一地狼藉的正直名望一般，大卫的计划复杂得过分，让人恨不起来，只剩下滑稽可笑。他扮作炸弹狂人，不时对词典发出恐吓。他想让这栋楼坍塌、消失、夷为平地，然后收到一张丰厚的保险支票——罪责由无名的疯子承担。有什么害处呢！斯万斯比家族的名声不会沦为笑柄。诚然，是一败涂地了；但也伴

---

① 在塞缪尔·约翰逊的《英文词典》里，"词典编纂者"的定义是"一种无害的苦工""忙于追溯词源、细究词义"。

着伤痕和高贵的荣誉。那些报道写道,如此一来,词典就不会如他最为深刻的恐惧一般,在大众的视野中悄然消失。轰然落幕。看起来,他希望从这部词典里彻底解脱。他想让别人把他看成悲哀的末代摄政王,见证这部词典一度明亮的光辉迅速燃尽。

这种曝光度是花钱也买不来的。

当然,也有人来问我的说法,让我用我的语言,讲讲我在斯万斯比的经历。我是否怀疑过大卫就是炸弹恐吓的幕后黑手?你觉得这场事故是他原本的计划,还是恶作剧失手?他是怎么逃过所有人注意的?类似的问题也有人问皮普,但语气更像追问,而不是寻求解释——她原本不该出现在那栋楼里,她在那里没有名目:她是什么来历?但是自大卫·斯万斯比坦白那一刻起,这些采访就从我们的生活里蒸发得无影无踪。

我和皮普一起读了许多报道,难以置信,令人入迷。不认识我们的人花时间记下我们的电话号码。火灾以前,提到《斯万斯比词典》,大家会谈起未竟的伟大计划,谈起"失落的一代";现在他们都会想到保险,以点头和眼色开启对话。每当有记者联系我,或者在皮普工作的咖啡馆里听见这类对话,我都会尽力驱散这种气氛,但它已经成了一种全新的、美味的作料。火灾当晚,这个故事就登上了词典的维基百科页面,后来成了词条里篇幅最长、引文最丰富的一节。词典的其他内容在光辉外黯然失色。

据我所知,没有哪一篇报道提过山鼬的事,也没有人觉得《斯万斯比词典》受了假词的污染。但愿大卫觉得这是一场胜利,至少是小小的安慰。

许多年来,每次读到这——该怎么称呼,这起案件?这段插曲?用什么词最贴切?——我都感觉自己好像变成了一团问号。我忍不住在每一篇报道里搜寻有没有提到我。一次也没有。漫画呈糊涂反派位于故事中心时,没人在意他手下无名的文员。其实我可以扮演一段不错的脚注,或者一段乱糟糟的脱轨计划里一颗天真的小卒。让我接起这些"恐吓"电话,这显然在大卫的计划之中。只有我存在,大卫才能获得充分的证据,向保险公司证明爆炸是一场阴谋。

"你是一颗特别棒的小卒。"我把这些想法说出口的时候,皮普说:"我最爱的搭档。"

我们学会了笑对这件事。为了彼此。

真相是这样：我挺喜欢大卫·斯万斯比。这个人和蔼、喜爱词语，与幽灵对弈。

真相是这样：这个故事的主人公成了大卫，那种毕生追求干净利落、不失控地收尾、精炼、修纂、排序的人，而我讨厌这一点。在走廊上、起火的房间里，真相是什么？那一刻的真相是看见烟雾缭绕的皮普，我浑身的血液以一种无法定义的方式跃起，心猛地一提。我置她于险境，如果要定义的话——我把她偷运进了险境，我犯了错。错。这词正合适。当你犹疑的头脑快过双手，只剩下内疚、灼人的悲伤和困惑一齐袭来，语言有什么用？每当我回想那一天，最真切的不是那些大事，而是耳朵里炸弹客拨弦似的假声、冲向太阳穴的血、刺鼻的烟雾与恐惧的气味。每当我回想那天发生的事，重温的不是理由或解释，而是喜悦而疼痛的真相：我愿意为一个朦胧的身影付出一切。

我的头脑或许从没有这样清明过：一直以来，时间白白地浪费，这让我很愤怒。我在斯万斯比宅的工作全是无用功。或者说，我不知道它的功用。我是一件不由我掌控的事件末梢的末梢，怀着怒意，听见突兀和迷惑在我的耳边奏响尾声。我痛恨在一座无名的词典大宅里被语言淹没，被语言迷惑，被语言践踏，然后被迫在刹那间醒觉我的有限与无定，醒觉我的可有可无。我痛恨大卫·斯万斯比任意拣了张一门心思咒我去死的疯子或传教士面具，我痛恨他做出残忍之举，却对自己的残忍无知无觉。

如今回想起那几番炸弹恐吓，有一重恐怖是我不知道想杀我的人是谁。这种恐怖是可以定义的——他不认识我，却认定我是一切错误的化身。现在这恐怖变成了另一种。我说不好哪一种更糟：是不知名的人潜伏在某处专门想要害你；还是说伤害你只是顺手而为，可以轻松地隐入一场更宏大的骗局。

我一直不喜欢这句话：刀剑伤人，语言却不痛不痒。无论是为了理解彼此还是语言本身，这种办法都是徒劳。

真相是这样：我茫然地从一座房子里跑出来，一心想着我爱的人平安。

其中一重真相是这样：那天傍晚，我改变了一点点。不是特别深刻，除非算上那颗嵌在我胳膊肘伤口里的沙砾，它恐怕一辈子都要和我的皮肤连在一起了。我看着皮普掸掉身上的尘土,告诉我她没事,那一刻,我改变了一点儿。一种新的感受汹涌地奔来。不知道我以前有没有不假思索地向往过。

真相是这样:为收尾和改变干杯,去他的干净利落。

从那以后,我再也没有回到斯万斯比宅的旧址,也没再和大卫说过话。在他监禁期间,我收到了他寄到我家的一封信。信上说他很抱歉。文字拼写得当,语法完美。和往常一样,他沉痛地安慰我,说踢踢有人照料,却只字不提我该找谁去领工资。

都是细枝末节。那么多细枝末节。要鲜明,要生动,要朦胧。简洁是不可能的,也不是我的风格。

所以,怎么回事?

可以这样说:皮普和我一起在路边蜷缩了一会儿,看斯万斯比宅被火光吞噬。小爆炸,接着是一场更剧烈的爆炸,一瞬间窗户里纷纷飞出燃烧的纸片。热浪推着我们后退。

一位警官指着皮普和我,问:"你们是一起的吗?"

我简洁地回答:"是。"

我紧紧握住装着假词的信封。皮普把胳膊贴紧我的胳膊,我们站在一群陌生人中间,望着零落的书页腾空而起,飞出大楼,在风中飘散——字纸化作灰烬化作星辰化作乌有,飘摇的词语,刚刚冷却的词语,片刻后在寂静的夜空里,都失去了意义。

Z 代表 zugzwang〈名〉迫移

夜晚的博物馆尽是诡谲的暗影。壁龛和内室里的古物形影幢幢，眼皮沉得出奇，嘴巴在你经过时微微张开了一寸。温斯沃思穿了约莫是他最考究的一身西装，等在大英博物馆外的小街上，一直等到夜色与黎明融合的时刻。凌晨三点钟，一群男女经过他身边，往博物馆走去。他们为了御寒，把衣裳紧紧地裹着，但华贵的迹象偶尔显露出来：围巾和披肩下面，雪纺和薄丝纱轻轻颤动。一束光线伸出，勾勒出一道人影：看门人，嘴里叼着烟。温斯沃思看着人群与看门人稍作交谈，被迎进室内。

他给自己打气：我要证明给她看。我要证明给她看。他穿过蒙塔古街。看门人上下打量他。

他问:"你知道暗号吗?"

温斯沃思答:"不知道。"

诚实是无懈可击的策略。看门人耸耸肩,把温斯沃思引入一间陈设简单的接待室。招待他的是一位温和有礼的青年,穿一件亮黄色马甲。他询问温斯沃思是不是今夜欢宴的来宾。温斯沃思疲倦极了,人木木呆呆,听见这个可笑的名词也没有翻白眼。

"我是为了募款来的。"他说。

"祝您不虚此行。"温斯沃思看见,青年的眼睛因委婉语迸出热忱的亮光。"先生,这边请。还有,先生,"他说道,"想必您也理解,本次盛宴是一场私密聚会,宴会的经过、嘉宾、艺术品的模样,散场后都不足为外人道——"

温斯沃思任那青年热切地侃侃而谈,随他走过昏暗的长廊与通道,听词语在镶木地板和粉墙间跳跃。他朦朦胧胧地记得这些走廊。他去过几回阅览室,周末参观过展厅,指望借这些实物而非语言的宝藏,在斯万斯比宅之外透一口气。但是这会儿两人步履匆匆,温斯沃思很快就分辨不出他们身在何处,往哪个方向去。他们从一扇又一扇沉重的门里穿过,转入一道道隐蔽的走廊,四下静悄悄的,只有两人的脚步声。过了一段仿佛极为漫长的时间，温斯沃思听见空气里沾染了几缕音乐与玻璃杯相碰的叮当声。终于，转过一道弯，地上漾开一片优雅而醇美的烛光。身边的青年拉开天鹅绒帷幕。

沙——

眼前这场聚会该如何形容？最令人瞩目的当属其中的布置。密室及其藏品他早有耳闻，酒神狂欢式的大理石浮雕、绘画、石砖、杯盏、宝石——淫靡的物件，为了精挑细选的观众，毫无保留地展出。这些艺术品据说不宜向公众展示：太惹人争论，有诲淫之嫌；但这会儿它们都安居在匣子内、基座上，烛火通明的玻璃橱窗之中。温斯沃思眼前尽是挺立、粗硬的放荡藏品。

有人赞许《词典》略去了某些不雅词语，约翰逊博士回应道："但愿我没有把手指弄脏。"这种想法是普遍的，温斯沃思心想，经过一只涂釉砂玻器——一只用专业手法再现阴茎异常勃起的陶瓷纪念碑。粗俗的语言不该收入词典，除非把它提纯到语言学的层面，这称得上是行业共识。展品当中显然有些是古董，经过精心除尘、抛光，每一处角落、每一道缝隙都纤毫毕现。大理石雕像被专擅此道的人打理得细腻柔润，编写展品名录的馆员想必曾绞尽脑汁，为丰乳肥臀、过度伸展、淫荡、下流、粗俗寻找同义词。

艺术品不限于雕塑。温斯沃思绕着房间慢慢走动，瞥见壁画和陶砖上有一些足够让象牙脸红的图案。一张素描，画的是两名无须洗衣服的女巫在欢庆；一只走马灯，男子用鞋拔和一勺黄油创造愉悦的新爱好。这里网罗了每一样能震颤、震动、唤起欲望的东西，凑成一堆刺眼、放纵、让人瞠目结舌的展品。

温斯沃思怀着隐秘的好奇默默观察。让他忍不住驻足观看的，不是拥挤满溢竖立在展厅里的众多物品，而是人。侍者端着倾斜得让人心惊的托盘，从人群的缝隙里钻过。对于斯万斯比宅未来的赞助人，"一千五百英里学会"显然只是尝尝鲜：今天的排场大不相同。或许只是温斯沃思的臆想，但在他看来，人人眼里都闪着掠食者的精光，狡猾、恣意，寻觅愉悦和赞许。响亮的笑声和浓郁的香水味把空气塞得密不透风，路过的每一只肩膀仿佛都披着昂贵的皮草或银线等时兴的衣饰。在这个与外界隔绝的房间，物件的特质撩起了观者的情绪。

温斯沃思原地转身，想把整个房间收入眼底，欢宴的来宾仿佛梁上的一幅幅石雕画。这幅是他的同事阿普尔顿，陶醉地嗅闻一杯马里安尼酒；那幅是比勒费尔德，站在一尊罗马石膏像旁边模仿笨拙而了色的模样，想要博得周围一圈女士的欣赏。那边，也许是他看错了——人挨着人，他没办法好好观察，要在那么多起伏的肩膀和摆动的胳膊里狼狈地寻找缝隙——但他似乎发现了洛克福特-史密斯医生的身影。假如真是他，这位演讲学家正把手指按在别人唇上咯咯狂笑，笑声盖过了音乐——鲁特琴、曼陀铃还是乌德琴？温斯沃思四下张望，寻找乐声的源头，认出了"一千五百英里学会"的演奏乐队，庄重的黑西装换成了华丽的绸缎衣服。

人人脸上都泛着红晕，嘴巴微张，不住地咽口水。冰冷的大理石雕像和银器周遭弥漫着燥热的空气。

一只手灵巧地钻进他的臂弯。

"看不惯吧？"索菲娅贴在他耳边说。

温斯沃思侧过脸看她。她衣着考究，温斯沃思从没见过她如这般光彩照人，也没见过她如这般可怕。他又转过脸看向人群。

"你想说我假正经。"

"不是。"她的神色有几分厌倦,"但我的确好奇你对这个场合作何评价。不算尽失体面?只余一点体面?刚才格洛索普与我闲谈了几句,关于你们伟大的对手。他告诉我,《大英百科全书》把绘画和雕塑中的'裸体'定义成'人物中未罩有织物或呈肉粉色的部分'。"

"我没想起要给你带些花。"温斯沃思说,"你也不必字字相信百科全书。"

"话虽如此,"索菲娅从温斯沃思的衣领上揪出一根不存在的绒毛,"这些物件能给老杰罗夫筹来一大笔钱,所以我们也不好太挑剔。"她转头示意温斯沃思看展厅对面。弗雷欣站在天鹅绒帷幕前,身上缠一条羽毛围巾,扮演拉奥孔雕像。"特伦斯已经从一群政客身上掏出好几百镑了,我正在攻克一名歌剧导演——"

"你想必非常自豪。"

"我们两人合作得很愉快。"她说。

"你以前也这样说过。"温斯沃思扶了扶眼镜,"你还说他是个有用的白痴。"

"他在伦敦的圈内如鱼得水,引来许多有希望的买家。有弗雷欣在,就有钱来;更妙的是,还能给我一个可靠的身份。"

温斯沃思停顿了一会儿,翻译道:"你看中他的钱。"

索菲娅轻蔑道:"不是这么回事——虽说这些钱是锦上添花。"她的手指敲打着裙摆,"然而,给自己量身打造一座让人信赖的根基总是有用的,这样一来,即便在光天化日之下做出再多轻率和古怪之举,大家也视而不见!"她似乎很想转开话题,但与其说是尴尬倒不如说是厌倦,想要改换对话的节奏或筹码。她轻轻带着他的臂弯转动方向。"你听说过一位姓齐奇的画家吗?"她脱口而出,仿佛是一时冲动,没想着要他回答,"他是俄国沙皇亚历山大的宫廷画师——私下画了许多精彩的人体素描!你是明白的。看,就在这里,墙上挂着的——"

"谢谢,不必了。"温斯沃思没有让步,"不必了。"她露出泄气的神色。温斯沃思往她示意的方向看去。一群待出资人激动地挤成一圈,鼻子杵到墙上挂的不知什么作品前,怀着愉悦的震怒高声叫喊。

"啊,说起来,我为他摆过姿势。"温斯沃思没忍住冒出一道惊讶的尖声,但索菲娅没有停顿,语气平淡得像谈论天气。"那些作品很恶心,但也迷人。也许有一天会公之于众吧,等他过世很久以后。"

"不知你为什么要把我拉进你的密友圈子。"温斯沃思说,"除非是想找点儿乐子,拿这些秘闻让我难堪。"

她这晚第一次露出放松的神态,再次开口的时候,语气里多了新的活力。"就是这个词!对——秘闻!余波不绝,追根究底!但更关键的是如你所言,成为彼此的密友!这个词最恰当不过了——第一次见到你,我就想:这个人懂得保密的价值。我没看错,对不对?我能察觉、能闻见你身上这种气味。"

"你可以信任我。"温斯沃思说。他开始感到自己从内部分崩离析,最后一丝笃定与克制也消耗殆尽。

"特伦斯不擅长这样的事。"索菲娅说。两人手挽着手,经过一面搁板,上面摆了一排淫秽的日本吊坠。"我们今天才聊过哪个词最适合形容他爱闲谈、爱传别人私事的习性。嚼舌根,大嘴巴,飞短流长。当然,聊得很愉快。"她叹了一口气。"那种让人称羡的做派,我非常欣赏。但他对保密一窍不通。"

"你已经善于以此为乐了。"

"你只是因为没找到平衡，才这么说。"索菲娅停下来，拉着一步之外的温斯沃思仔细打量，像医生观察病患。"你把自己裹得太紧。只剩保密，不露秘闻。只管封锁城池，却不冒一点儿烟火。"

"我听见这位女士开始运用比喻了！"偷听的比勒费尔德冲两人使了个颜色。温斯沃思和索菲娅一齐盯着他。比勒费尔德挤出一句道歉，钻回人群里。

"我有我的秘密。"温斯沃思说。

"哦，是有趣的那种秘密吗？"

"我不能——我无权透露——"温斯沃思觉得房间微微一倾，他像是醉了。他宁愿自己是真的醉了。

"抱歉。"索菲娅简洁地说，"听说你有秘密，我很振奋。你的隐秘生活是最宝贵的。请务必亲口说一说。"她笑道。这份坦率和疏远让温斯沃思心里的某个角落泛起猛烈的酸疼，但她没有停下，而是环顾四周，故意用夸张的腔调叹息给周围的人听。"我不该忘记——我还有任务，应该为了别人的钱袋子显出迷人的风度。和我们第一次见面的那场聚会相比，这一回的体面人没那么多。"她点点头，"但俗人更殷实。"

"恐怕我不在这些人之列。"温斯沃思略感恶心和眩晕。

"嗳，你看！"索菲娅握住他的袖子，装作看向对面，"我的那副象棋！就是我的女同胞，那位穿裙子的伪君子拥有过的那一副。我以前大约和你提过。"

"我已经看够了。"

她微笑着看他。"我想也是。"

"你在拿我寻开心，不然就是想给我难堪。"温斯沃思闭上眼，仿佛把周遭的纷乱和突起隔绝开来，就能给他些许清明和镇静。"随你怎么做，只要你乐意。但是对我而言，今天已经太漫长了，假如你肯高抬贵手，我将不胜——"

索菲娅没有回应。他睁开眼，看见她递过一只手来。不像今晚一贯的姿势那样舒展，而是趁着两人贴近时手指相拂。她不想让周围的人发现。她递给他一样东西。他像自动机械似的接过来，她的手套触到他的手指，他感觉手里多了什么，小巧、冰凉、沉甸甸的。她悄声开口，但吐字分明，好让他听清："真可惜，你错过了。一颗卒子就值七百多镑。"

"你该不会是——"

但索菲娅已经离开了，再次隐入稠密的人群。

温斯沃思默默无言，任自己被鼎沸的人声吞没。他花了几分钟四下环顾，周围没有一张熟悉的面孔，没有一张面孔上有熟悉的表情。乐队奏起新的一曲，他的衬衫领子仿佛突然勒紧了，肺里的空气只剩薄薄的一层，从喉咙吊上去。他不能在这里困住，必须到没人看见的地方去。他想缩进展厅的角落，找一段无人在意、无人经过的走廊，贴着墙，没入阴影。他想着月光在鹅卵石上标出波浪符号和短音记号，马车在清晨的伦敦时走时停，调整字间距。他想象自己融入面目模糊的街道，出走，出走，去这座大都市鞭长莫及的地方，踏上小径，抵达地图边缘，那里有陌生的地标和路名，到海边去，到更远处——

他又摸摸裤袋里那颗卒子。他环视四周，看一众词典编纂者迷醉在此刻的欢宴中。他想到他们编写百科词典时自豪的模样，四处搜罗词语和资料，兜在外套底下，塞进衣服口袋。他想到他们的宏图，如饥似渴地盼望把所有事物记在纸上，井井有条，井井有条。

温斯沃思挺起肩，怀着崭新的决心与笃定，迈步往门口走去。谁也没注意到他离开。他沿着进来的路返回,没有人过来盘问。他走在长廊和昏暗的过道上,寻找一条路去往外面的世界,迎向尚无定义的未来,迎向静候他的众多"参见"。

auroflorous〈形〉在夜间逃离,通常怀有新的目标或使命。〈废〉

致谢

书短,谢意绵长。

感谢让这本小说成真的人:我的版权经纪人露西·拉克,还有杰森·亚瑟、李·布德罗二位编辑和他们的团队付出的坚忍与耐心。

感谢伦敦大学皇家霍洛威学院慷慨提供研究奖学金,让我埋首于词典之上/之内/之间。衷心感谢朱迪思·霍利和克莉斯滕·克莱德在我研究期间提出的深刻见解和坦率建议;谢谢你们的信任。同样感谢帕特丽夏·邓克和理查德·汉布林无价的批评、反馈和善意,感谢安德鲁·莫申和罗伯特·汉普森早早鼓励我,不吝与我交谈。感谢英文系的同事与学生给予我活力。

这本书能够完成，要感谢下列机构与组织的帮助。感谢作家协会于二〇一七年提供作家资助。感谢格林尼治大学于二〇一八年聘我做驻校作家，感谢圣玛丽大学的乔纳森·吉布斯支持我度过一段艰难时期。感谢麦克道尔社区给我的鼓舞、空间与体贴；感谢所有在那里创作（过）的人，你们给了我太多激励。谢谢你，克莱尔·索。

贝弗利·麦克劳帮助我阅览牛津大学图书馆的档案，大卫·穆尔让我见到都柏林怪兽画廊展出的山鼬图片，向你们致以深深的谢意。关于词典编纂史，有两本书我一直放在手边：乔纳森·格林的《追逐太阳：编词典的人，人编的词典》和西蒙·温彻斯特的《万物的意义：牛津英语词典的历史》。虚构作品只能触及这些内容的一半。

这本书里的某些元素首次发表于一些小型出版机构和在线刊物。谢谢你们，伤心出版社的乔和山姆·沃尔顿，"疯狂女神"网站的索玛·戈什，《诸如此类》的苏泽·奥尔布里奇！

备受我折磨的朋友们，谢谢你们（有心或无意）给这本书指引、加料。特别感谢施佩拉·德诺夫舍克·佐尔科、普鲁登斯·博西－张伯伦、尼莎·拉玛雅，马特·洛马斯、蒂莫西·索顿、乔安娜·沃尔什、Copy Press、奥利·拉格兰&珍妮·塞尔瓦库马兰&蕾切尔·兰伯特&维多利亚·辛德勒，A&A&E&E&F&I&M&S&S&X,谢谢推特上的好心人阐明语言的愚蠢与古怪。谢谢你们的陪伴。

内尔·史蒂文斯：无与伦比〈形〉〈名〉

致我的家人：谢谢你们。

图书在版编目（CIP）数据

圆谎者词典 /（英）伊利·威廉姆斯著；郑小希译. 海口：南海出版公司，2025. 4. -- ISBN 978-7-5735-1068-6

Ⅰ.I561.45

中国国家版本馆CIP数据核字第2025NY7628号

圆谎者词典

〔英〕伊利·威廉姆斯 著

郑小希 译

出　　版	南海出版公司　（0898）66568511	
	海口市海秀中路51号星华大厦五楼　邮编 570206	
发　　行	新经典发行有限公司	
	电话(010)68423599　邮箱 editor@readinglife.com	
经　　销	新华书店	
责任编辑	侯明明	
特邀编辑	周雨晴　吕宗蕾　张馨予	
营销编辑	刘明辉　李琼琼	
装帧设计	木　春	
内文制作	田小波	
印　　刷	山东韵杰文化科技有限公司	
开　　本	787毫米×1092毫米　1/32	
印　　张	10.25	
字　　数	148千	
版　　次	2025年4月第1版	
印　　次	2025年4月第1次印刷	
书　　号	ISBN 978-7-5735-1068-6	
定　　价	59.00元	

版权所有，侵权必究

如有印装质量问题，请发邮件至　zhiliang@readinglife.com

著作权合同登记号 图字：30-2025-012

THE LIAR'S DICTIONARY by Eley Williams
First published in Great Britain in the English language by
William Heinemann, an imprint of Cornerstone
Cornerstone is part of the Penguin Random House group of companies.
Copyright © Eley Williams 2020
Simplified Chinese edition copyright © Thinkingdom Media Group Ltd. 2025
Published under licence from Penguin Books Ltd.
Penguin (in English and Chinese) and the Penguin logo
are trademarks of Penguin Books Ltd.
Copies of this translated edition sold without a Penguin sticker
on the cover are unauthorized and illegal.
All rights reserved.